雅歌译丛

里尔克诗选

哀歌与十四行诗
Duineser Elegien / Sonette an Orpheus

〔奥〕
里尔克
Rainer Maria Rilke
著

张德明
译

山东文艺出版社

写作中的里尔克

(代译序)

一

1920年，葡萄收获的季节，里尔克随心所至，来到瑞士瓦莱山区一游。初次见到这地方，他"仿佛就被一种奇特的魔力镇住了"。因为这个山谷简直就是他喜爱的西班牙和普罗旺斯两种景色的奇异融合。"河谷如此宽广，气势恢宏，点缀着一座座小山冈，远方又是莽莽的群山，绵延环绕……呈现出变幻莫测的场景"。而尤令他心动的，是穆佐古堡——那座中世纪的遗物，建于13世纪，设施和家具大多是17世纪的。在他看来，"这里的屋子透出某种农夫的诚实、某种粗犷，没有什么隐念……"迁居其中，仿佛披上一副古老的甲胄。于是，他决定留下。1921年夏，他开始隐居此地，"凝聚心神，进入最紧迫的孤独"——如他多年后写给薇罗妮卡·埃德曼的信中所说，再度拾起那一组被他视为使命的诗歌，因"一战"的爆发而中断了十年之久的《杜伊诺哀歌》。

他对自己的创作并非没有信心，但又觉得始终把握不住工作的方向。他同时用两支笔写作，一支写诗，另一支写信。他的信比诗写得多，写得流畅，写得生动，更见真性情。因此，要进入里尔克的内心世界，我们不光得读他的诗，更应该读读他的书信。从中，我们可以看到一个天才诗人艰难的成长，他的孤独、寂寞和彷徨，他对不同的通信对象采取的不同态度，他在神性和凡俗之间的挣扎，以及在痛苦与欢乐交替中情感的起伏跌宕。当然，他的书信与诗歌之间的互文关系，更应该是我们考察的重点。

二

诗是人与神性的交感，书信则是人与人之间的交流。里尔克是如何穿行在两者之间，努力使其达到平衡的呢？显然，这里需要的，不光是诗才，还需要一种江湖艺人般灵巧的跳跃、转身和腾空翻转的功夫。因为凭借天才诗人的直觉和自信，他知道，这些书信不会被收信者扔进纸篓，而是会被精心保管和收藏起来，成为日后人们的研究对象。他确信，像他的诗一样，这些书信，也将进入永恒。因此，他必须像写诗一样对待写信这件事。

如此认真并充分地对待书信写作，与里尔克的另一态度有关，即对评论界的深刻怀疑，甚至不信。在回答一位仰慕者的信中，他如此写道：

> 很久以来我就不再公开谈论与我相关的书……有关我的情况，我倒是在书信中向更亲近的人倾诉得更多，我的经验告诉我，这样做的效果有时比一篇评论更可靠。

与此同时，他也拒绝参与任何诗选。因为对于诗人来说,"仅仅通过工作本身的进展和独具的良知标准,把我写出来的东西弄清"这一点更为重要。

还有关键的一点是,里尔克害怕或担心读了别人对他的评论,会干扰或打乱他为自己规定的生活和艺术节奏,进而甚至失去自己的中心。因为他相信并确认,他已经找到了自己的中心,而"一个艺术家一旦找到了自己生机勃勃的活动中心,对他最重要的就是守住此中心,由此中心(它确实也是他的天性以及他的世界之中心)最远也只前行至他的一直被静静地向外推动的作为之内壁;他的位置不在、从不在、甚至一刻也不在观察家和评论家的近旁……"

这中心是什么,是上帝,抑或耶稣?没有那么简单。里尔克对宗教的态度是独特的。在他看来,"宗教乃是某种无限简单、无限单纯的事体。它不是认识,不是情感的内涵(因为一个人探究生命之时,一切内涵从一开始就已被认可),它不是义务和放弃,也不是限制,它是在宇宙那完满的旷远里:一种心之方向。"宗教是心之方向,这是目前为止我所看到的最明快的宗教定义。

那么这个方向具体来说是什么呢?是爱。里尔克说:"人们首先得在某处找到上帝,对他有所经验,作为如此无限、如此非常、如此神秘的实在;尔后须是畏惧,须是惊奇,须是没有呼吸,最终须是——爱,至于尔后人们将他领会为什么,这几乎已无关紧要"。

心有了方向,灵魂中有了爱,就能坚守与忍耐,就会把常人难以忍受的孤独,视为一种使命。"创造艺术是一项最朴实和最艰巨的工作，但同时是一种命运，而作为命运，它比我们每个人都更伟大，更强悍，直到最终不可估量。"在搬进穆佐古堡后不久，里尔克在给友人的信中就如是写道：

> 现在我已决心完成这些使命，哪怕最低限度的向外分心也会有所妨碍，因此我必须承受最严格的孤独。我过着离群索居的生活，怀着沉重的心情疏远了人们。

> 在我这古旧的楼房里（况且里面格外荒凉），我所缺少的恰是壁炉的火焰。多少个夜晚，去年在贝格城堡，我独自守着壁炉，望着炉火，望入内心和自由。

三

关于使命，还有一个原因，是诗人对自己贵族之根的探寻。无论如何，里尔克心目中，贵族具有的纯正血统和古老领地是对抗变动不居的现代性的确定性保证。因为"这个时代过高估价自己的'新'却忽视可传承的事物"。在致哲学博士利奥波德·封·施勒策的信中，里尔克如是写道：

> 维持传统——我不是指表面的习俗，维持真正来自源头的东西……凭各自的天分聪明或盲目地延续传统，这恐怕正是我们（现已注定献身于过渡时期）最关键的使命。

为完成使命做出一份自己的、比较切实的贡献。

里尔克对那些致力于家族史研究的人们给予了高度评价。在致盖奥尔格·莱因哈特的回信中，诗人赞扬他写的家族史研究论著具有"朴实而纯真的价值"，"从一本这样的书中，读者可以获得多少关于人的情况啊，同时怀有某种感觉，此感觉又会对个人更加沉静的本性产生决定性的影响并大有裨益"。诗人强调指出，在此书中，"往昔之寂静拂荡而来，渗入当代之寂静，因此几乎不可怀疑，家族精神和这种意识……［不但］继续影响此书首先涉及的那些人，同时又给予告诫、启迪和安慰。"

在致豪普特曼·奥托·布劳恩的信中，里尔克说，他从童年时代就对自己家族的历史感兴趣，"是的，曾经有段时间，在我八岁或九岁时，这种兴趣已经发展为一种不可比拟的嗜好。"这是受他的伯父影响的结果，伯父去世后留给他遗物中，有一大捆文件，是那些受他委托的专业人员完成的家族档案资料。诗人曾带着这些资料一路辗转到巴黎，可惜由于战争和逃离，这些档案后来被拍卖、被贱价抛售了，只保留了一个带有古老的族徽"灵猩"的印章。但对自己家族史的追寻，成为诗人挥之不去的情结，始终像幽灵般徘徊在诗人心灵深处。像许多贵族出身的作家或艺术家一样，里尔克对自己的出身非常骄傲，他相信，属于他的那一支里尔克家族出现于 1276 年，作为克恩腾公爵们的封臣，很早就有旁系移居萨克森和波希米亚。他推想,在萨克森的一座庄园里,里尔克家族的某个旁系想必维持得更长久。"这些地方属于我们氏族的过去,就是说,也与土地和环境的无数影响一道促进了氏族的形成。""我的癖好——就是建立同最伟大最强悍的发源之物的那种联系"。

《致俄耳甫斯的十四行诗》第一部第17首,显然是这种带有浓厚的贵族意识的使命感的产物:

> 最底下的远祖,混乱,
> 奠基一切的根,
> 隐藏了起源,
> 从不现出真形。

> 头盔与猎号,
> 银发翁的叮咛,
> 兄弟阋墙之傲,
> 女士犹如弦琴……

> 枝丫挤压枝丫,
> 没有一支舒心……
> 有一支!上升呵……上升……

> 但它依然崩断。
> 高处的这一段

把自身弯成古琴。

　　古老的家族，犹如盘根错节的老树，根基深厚，无从探究源头。诗人仿佛听到了猎人的号角，眼前浮现出银发的祖先们的音容笑貌和爱恨情仇。老树的每一根枝丫都在奋力向上，而诗人所属的这一"枝"，虽然在高处崩断，却弯曲成了古琴，暗示了诗人目前坚守的身份。欧洲文学史上为数不少的作家、诗人和艺术家，似乎都喜欢追溯自己的家世，把自己说成是某个贵族的子孙后代。如普希金说自己的远祖来自沙皇亚历山大的一位非洲黑奴，康拉德保留着其波兰的祖先的贵族纹章。纳博科夫在《说吧，记忆》中，追溯自己的家族在十月革命之前优越的生活条件和优雅的修养。远古的征战杀伐退化为现代的舞文弄墨，究竟是贵族世家的悲剧，还是喜剧？是作为其孑遗的诗人值得炫耀的文化资本，还只是"无可奈何花落去"的怀旧叹息？

四

　　在给友人的信中，他不止一次地讲到了自己这种出于天命和家族的责任而独自承担的坚守与忍耐。像一位中古的骑士或修士，或者更不如说，一名自我囚禁的囚犯，诗人坚守在古堡中，拒绝世俗的诱惑和应酬。为此，他缺席了女儿的婚礼和之后外孙女的洗礼，甚至还拒绝了别人送给他的一条狗。因为他感觉到"要是我接受这样一个同伴，恐怕就连它也会引出更多的关系。面对任何有要求的动物，我都认为它是绝对有理的，其结果便是，等我发觉它耗尽我时,我又必须痛苦地抽身撤回。"

就这样,诗人一心一意坚守在古堡中,等待着天国的神恩降临,来释放他的创造能量,同"最伟大最强悍的发源之物"重建那种古老的联系——

> 我年复一年何等何等渺小地待在这里,枯守着我打算做或委派我做的工作……

这个"委派"的工作是什么?就是他中断了十年之久的《杜依诺哀歌》的写作。他说:"哀歌未存在,就好比我的心残缺不全。""穆佐的孤独"之所以"给人以期盼"就是因为,它似乎在冥冥中对诗人做出了承诺,在此地完成他在此世的使命——哀歌。

> 我能至今——而且能继续——在我古老的塔楼里坚持下来,为此我得表扬自己,天天表扬自己……我明白,坚守在此是最正确的,只要还没有一股真正能承载而且可大致依赖的激流推动我在此抛锚停泊的生命之舟。

> 手持诱人的书卷,四周是那么地静,简直难以想象,于是我通常午夜过后还迟迟未眠。高高的墙垣之间有许多从未发现的空隙,一只老鼠在里面过着小日子,这也为增多那个秘密做出了一份贡献,这片大地的神秘的黑夜,永无忧虑,正是靠此秘密滋养。

在给一位友人的信中，里尔克如是说："只要本己的和最本己的东西进入那里面，就已获得无限的变化和转换。我们将它提升到某种有效性可以达到的最高程度，正是为此，生命和命运才被特别托付给我们——艺术工作者。"这是在安慰、鼓励那位涉世未深的艺术学徒，还是在告诫自己，加持自己的信念？或许两者兼而有之。因为他自己年轻时，正是这样一路走过来的。

在给另一位友人的信中，他这样写道："谁若是培养自己的感觉，使其最单纯最深切地关注世界，什么样的一切是他最终不能成为的呢？"在写完这一句之后，他紧接着又加了一句，强调说，"如此看待事情，不是最美好和最丰富的吗？"

有时，他觉得自己犹如汲水的少女，虽费尽心机，水罐依旧空空如也。但他坚信，"既然最终我们最必需的就是忍耐，所以更好地学习忍耐……"只要耐心地等待，奇迹就会发生，因为——

> 他是水：你只需做成纯净的碗盏
> 用两只情愿伸出的手掌，
> 然后你就跪下：他便源源不断，
> 超过你的最大容量。

里尔克激赏或赞扬的诗人、艺术家为数不多，因为他对精神质素的要求太高，一般的所谓流行艺术家入不了他的法眼，除了他的导师罗丹外，还有一个法国人是例外，那就是象征派诗人瓦莱里。里尔克在给不同友人的信中，都谈到了他，认为瓦莱里是当代活着的诗人中最伟大的一个。关键的一点，或许说两人共通之处，就是坚守。某种程度上，瓦莱里的坚守比里尔克更持久、更深沉。整整25年，这位法国中学教员埋头教英语，学数学，潜心于诗艺，然后，发表了他的《海滨墓园》，一鸣惊人，令里尔克折服不已。里尔克翻译了他的这首作品，并不断向友人推荐和介绍它。在给友人多里·封·德米尔的信中，他将自己翻译的瓦莱里的诗篇《棕榈树》中的一段，附在信中，并特意加以说明，认为这首诗"对似乎踌躇无为之时的艺术忍耐，对怎样让果实成熟"，道出了赞赏之辞。

> 忍耐，忍耐，忍耐，
> 忍耐于蓝天之下！
> 我们欠沉默的宿债
> 准定让我们成熟！
> 霎时信念有报答：
> 风起了，鸽子飞来，
> 某种契机显露，
> 临风的女人一倾身。
> 这场雨随即落下，
> 谁跪在雨中感恩！

五

　　终于，契机显露。命运之手叩响了穆佐古堡的大门。1922年2月11日晚，里尔克在致玛丽·冯·图恩与塔克西斯—霍恩洛厄侯爵夫人的信中，兴奋地写道：

　　这个赐福的、神恩浩荡的日子，现在我可以向您——就我目前看来——宣告
　　　　　　哀歌
　　　　　全部结束
　　　　　　十首！
　　……写完这首——我的手仍在颤抖！就在刚才，礼拜六，十一号，它完成了！

　　全部在几天里，那真是一阵无名的狂飙，一场精神风暴（像那时在杜伊诺），一切，我全身的纤维和组织，都在喀嚓作响，——根本没想到进食，天知道，是谁滋养了我。

　　　　但如今它在。存在着，
　　　　　阿门。
　　就是说我已到达那里，我挺过来了，穿越了一切。

　　两年后，在给汉斯·卡罗萨的信中，里尔克依旧满怀感恩地告诉这个多年来一直关注他创作的老友：

〔哀歌中〕涉及那些1912年（在1918年摧毁的杜伊诺城堡）开始的作品，在其进展和形成中，几年大战的灾难造成了既长又深的中断，于是我以为不得不放弃这项对我而言总之最为独特的任务。后来在瑞士赐予我的庇护、安静、长久的孤独，当时我未能预见：不管怎样，这些难以言表的有利情况允许我重续哀歌之旧梦，而且如此完美，居然没有一个断片必须舍弃，每道裂痕的愈合都很平稳，强韧而又自然，在我看来，这样一种经历无异于极度的恩赐。

更令诗人欣喜的是，这突然降临的神恩同时给了他两份礼物——在让他圆满完成了哀歌的期间，又新创作了另一部诗集《致俄耳甫斯的十四行诗》。而且，这后一份礼物来得是如此突然，令人措手不及。短短的三天，从1921年2月5日到7日，他就写下了26首十四行诗。而且，"哀歌与十四行诗始终互为奥援，当时我竟能以同样的呼吸鼓满这两面风帆：十四行诗小小的铁锈色帆布，和哀歌巨大的白色桅帆，我现在把这个看成是一种无限的神恩。"

整整十年的断裂无缝衔接，两部诗歌的同时问世，使里尔克坚定了自己的信念和使命，"我们是不可见之物的蜜蜂。我们疯狂采集看得见的蜂蜜，贮藏在金色的蜂箱里。《哀歌》表明我们正着手于这项事业，就是这些持续不断的转换，把我们所爱的可见之物和可即之物化为我们的天性的不可见的振荡和感动，这种振荡和感动会将新的振荡频率输入宇宙的振荡频道。"至此,诗人完成了神吩咐他在尘世的工作,可以无憾地告别这个世界了。他用地上的尘土塑造了自己的瓦罐,现在这瓦罐的碎片想起自己来自泥土,于是又安静地回归尘土。

译者

2013 年 10 月 17 日

说明:本文中有关书信的引文除特别注明外,均据《穆佐书简:里尔克晚期书信集》,林克、袁洪敏译,华夏出版社 2012 年版。

目 录

杜伊诺哀歌

003　　第一首

008　　第二首

012　　第三首

016　　第四首

020　　第五首

026　　第六首

029　　第七首

034　　第八首

038　　第九首

042　　第十首

献给俄耳甫斯的十四行诗

051　　第一部

074　　第二部

附录一 《杜伊诺哀歌》 解读

103　　第一首
108　　第二首
112　　第三首
115　　第四首
117　　第五首
120　　第六首
122　　第七首
125　　第八首
128　　第九首
132　　第十首

附录二 《献给俄耳甫斯的十四行诗》 解读

137　　第一部
152　　第二部

# 杜伊诺哀歌
（1912 — 1922）

第一首

假如我呼喊,天使的队列中究竟有谁
能听见?即使其中有一位,突然
把我拥到他胸口:我也会消逝于他的
更强大的存在。因为美无非是
恐惧的开始,我们刚好能承受,
而我们对它如此崇拜,因为它泰然自若,
不屑于毁灭我们。每一位天使都是恐惧的。
因此我只能抑制自己,咽下模糊的
哽噎之诱唤。啊,我们究竟还能
依靠谁?天使不行,人也不行,
机灵的动物已经觉察到,
我们在这个被阐释的世界中
没有什么可靠的家园。或许山坡上
还为我们留下一棵树,以便我们每天都能
与它重逢;昨日的街道还为我们留着,
培养出一种因习惯而来的忠诚,
它喜欢接近我们,便驻足停留,不再离开。
呵,还有那夜晚,那夜晚,当填满太空的风,
噬啮我们的脸庞——它不为那些渴慕者

温柔的幻灭而停留,却艰难地走近
每一颗孤独的心。难道恋人们就轻松些?
唉,他们只是互相隐瞒了各自的命运。
难道你还不懂?且将怀中的虚空抛向
我们呼吸的空间;或许,鸟儿们
会以更真诚的飞翔感觉扩张的气流。

是的,或许春天需要你。它为你召来许多
星星,让你去探寻。它让
往昔的一阵波涛涌上前来,或者
当你经过打开的窗户时,
飘来一曲小提琴声。这一切都是使命。
但你不能胜任?难道你不总是
因期待而心烦意乱,仿佛万物都在宣布
给你一个情人?(你想把她藏身于何处,
当伟大而陌生的思想,在你身旁
出出进进,通常会在晚上逗留。)
要是你有所渴望,那就歌唱恋人吧;
她们的多情举世闻名,但远未达到不朽。
那些被遗弃者,你几乎要嫉妒她们,
你发现她们比满足者爱得更深。为了
从未得到过的赞美,她们不断重新开始;
想一想:英雄的坚守,甚至毁灭对他来说
也只是生存的一个借口:他最后的出生。

但被耗尽的自然却把爱者

收归于自身,似乎没有力量

两次创造她们。你是否足以想起

盖斯帕拉·斯坦帕,那是每一位

被恋人遗弃的姑娘心目中,爱者的

崇高榜样:我能否像她那样?

难道这种最古老的痛苦最终不应转化为

丰硕的成果?难道还不是时候,我们的爱

让我们从恋人中获得自由,并战栗着承受:

就像箭承受弦,在绷紧中弹射

比它自己生存得更久。因为无处能停留。

声音,声音。听吧,我的心,就像只有

圣者听到的那样:巨大的呼喊声

将他们从大地上举起;但不可想像,

他们继续跪着,心无旁骛:

就这样倾听。不是因为你能承受

神的声音,决不是。但且听风吟,

那连绵不断的音讯,来自寂静本身。

此刻你听到的沙沙声来自那些早夭的年轻人。

每当你进入罗马和那不勒斯的教堂时,

难道它们的命运没有对你发出过喃喃低语?

或者有一篇碑文庄严地竖立在你面前,

就像新近在圣玛利亚·福莫萨见到的墓志铭。

它们希望我做什么?我应该平静地
消除不公正的印象,它有时会对
它们的幽灵纯洁的活动,形成小小的阻碍。

的确这有点奇怪,不再在大地上栖居,
不再应用好不容易学会的习俗,
不再将属于人的未来的意义赋予
玫瑰,以及其他特别允诺的事物;
不再存在人以焦虑不已的手创造的
那种状态,连自己特有的名字
也随意抛弃,如一件破损的玩具。
奇怪的是,不再渴望曾经渴望的。奇怪的是,
眼看所有的关系,都在空间中消散
漂浮不定。死后的生存有点艰难,
也能完全得到补偿,那就是慢慢感觉到
一点点永恒。——但所有活人
犯的错误,就是界限分得太清。
天使(据说)常常弄不懂,他们究竟是
在活人还是死人中走动。那永恒的潮流
通过两个区域,穿越了一切年龄,
不断盖倒它们在两者中发出的声音。

那些早逝者,最终不再需要我们,
他们与尘世平静地了断,就像成人

告别母亲温柔的乳房。但我们，还需要
如此伟大的奥秘，因为幸福的进步常常
从悲伤中产生——：没有它们我们怎能生存？
有个传说并非无益——很久以前悲歌为林诺
贸然响起，第一缕乐音穿过麻木的贫瘠；
一个神一般的年轻人，突然永远踏进了
令人惊恐的空间，正是这个首次由振荡
产生的虚空，如今吸引，安慰并帮助了我们。

（1912年2月21日，杜伊诺）

第二首

每一位天使都是恐惧的。尽管如此,我唉,
依然要歌颂你,几乎致命的灵魂之鸟,
我认识你。托比阿斯的时代在哪里,
当时最有神采的一位站在简朴的大门口,
为了出门而略加化妆,已经不再令人恐惧;
(少年对少年,他正好奇地向外张望)。
如今,天使长,这危险者,只要从星星的背后
再往下跨一步到这里:我们的心
向上一击就会令我们丧生。你们是何许人?

黎明的成就,你们这些造化的宠儿,
群山连绵,晨曦染红了
万物始创之屋脊,——神性绽放的花粉,
光的节点,走廊,台阶,王位,
生存的空间,幸福的盾牌,暴风雨般
骚动的狂热情感,突然,只剩,
明镜:它流溢出独特之美
又将其汲回自己的脸庞。

因为我们在感觉的同时,也在消失;唉,我们
呼出自己,随即逝去;从薪火到薪火
我们发出的气息日渐衰微。或许有人会告诉我们:
是的,你进入了我的血液,这房间,这春天
都充满了你……那有什么用,他无法留住我们,
我们消失在他之内又在他周围。而那些美人,
呵,谁能留住她们?容光不断浮现
在她们脸上,然后消逝。犹如晨间草上的露水
我们自生又自灭,就像一道菜肴上冒出的
热气。哪里去了?呵笑容,呵仰望:
心灵之波新鲜,温暖,逃逸——;
不幸呵:我们的存在就是如此。我们消融于
其中的太空,是否尝到了我们的滋味?天使们
是否真的只从他们的流动中,抓住自己的所有,
抑或偶尔,似乎由于疏忽,也抓住一点点
我们的本性?莫非我们在他们的
特征中掺和的成分,不过是孕妇脸上
模糊的表情?他们在涡流中返归自身时
没有觉察到这一点。(他们本应该觉察)。

如果恋人们能理解,他们会在晚风中
奇怪地谈论。因为万物好像都在
隐瞒我们。瞧,这些树**存在着**;这些屋子,
我们栖居其中,至今屹立。但我们

不过从万物上掠过,就像一阵对流的空气。
万物达成默契,向我们隐匿,一半或许
出于羞愧,另一半则像不可言说的希冀。

恋人们,你们彼此心满意足,容我向你们
打听我们。你们互相拥有。是否有证据?
瞧,发生在我身上的事情,我的双手彼此
相握,或者我的沧桑的脸
在掌中获得了庇护。这给我带来一点
感觉。但谁敢为此而生存?
但你们,在对方的欣喜中
不断增长,直到他被迫
向你恳求——别再;你们在彼此手中
变得丰富饱满,就像葡萄丰收之年;
你们有时消失,只因对方
过于充盈:我向你们打听我们。我知道,
你们对抚摸如此沉迷,因为爱抚在持续,
因为你们的温情覆盖过的地方并没有
消逝;因为你们在那下面感觉到了
纯粹的绵延。因此你们几乎从拥抱中
向自己承诺了永恒。但,如果你们经受了
初见时惊慌的眼神和窗前的思念,以及
第一次,唯一的一次,穿过花园一起散步:
恋人们,你们是否还是原先的自己?当你们

彼此噘起嘴,接上吻——:饮了又饮:
呵,啜饮者将怎样摆脱这奇怪的举动。

难道你们不会对阿提卡墓碑上人类姿势的
谨慎感到吃惊?难道爱与别离不是如此
轻松地置于肩头,仿佛是用不同于我们的
另外的材料制成?记住这双手,
它们怎样毫无压力地下垂,尽管躯干挺拔有力。
这些自我克制者由此懂得:这就是我们的广度,
我们如此接触,那是我们的事;更强大的
神把我们托起。但那是神的事。
但愿我们能发现一种纯粹的、有节制的、收缩的
人性,一小块属于我们自己的果园
在河流与岩石之间。因为我们的心始终在
超越我们,就像那些人。我们再也不能
观照他,在平和的图像中,
在神样的躯体,在其更伟大的自我克制中。

(1921年1—2月,杜伊诺)

第三首

歌唱恋人，是一回事。唉，歌唱那位
隐匿的有罪的血之河神，又另当别论。
姑娘远远就认出了她的少年，可他本人对于
那个经常寂寞的欲望之主，又知道些什么，
在她抚慰他之前，似乎她以前经常不存在，
啊，从那无法辨认的深处，那个神的头颅
高高昂起，高声呼唤黑夜无休止的骚动。
呵，血的海神，呵，他那可怕的三叉戟。
呵，阴风阵阵起自他螺旋形贝壳构成的前胸。
听，黑夜怎样凹陷并掏空自己。星星们，
恋人们对心上人的渴求的表情，
难道不源自你们？他一见倾心于
她纯洁的表情，难道不源自纯净的星辰？

并不是你，唉，也不是他的母亲
使他褐色的眉毛弯成充满期待的弧形。
不是向着你，为他所动的姑娘，不是为了你
他的嘴唇才弯出如此丰富的表情。
难道你真的以为，你轻盈的步态，

如晨风徜徉,令他心乱意迷?
尽管你震惊了他的心;但更古老的震惊
在感人的刺激中猛然冲进他的身体。
呼唤他吧……你无法完全将他从模糊的交际中唤醒。
当然,他想逃脱,他逃脱了;他轻松地安居在
你私密的心里,接收并开启自己。
但他可曾开启过自己?

母亲,你使他变小,是你,将他开启;
他对你是新的,你在新的眼睛上
构筑起亲切的世界,抵御了陌生的入侵。
呵,哪里去了,往昔的岁月,你仅凭
苗条的身影为他抵挡了汹涌的混沌?
你为他隐去了那么多;夜里可疑的房间
你使它不怀恶意,从你心灵的避难所
你把人性的空间与他的夜的空间糅合在一起。
你没在幽暗中,不,而是在你的身边
安置夜,而它闪耀出何等亲切的光辉。
从来没有一声吱嘎,你不能微笑着加以解释,
仿佛你早就知道,楼板何时会开裂……
于是他倾听着,慢慢放心。你温柔地现身
竟有如此大的能耐;高大的命运之神
披着斗篷,隐入衣柜背后,而轻轻展开的
窗帘的折皱,正对应于他的不安的未来。

而他，那被安慰者，当他躺下时，
在蒙眬的眼皮下，将你轻盈的身影
之甜蜜融入了对睡眠的品尝中——
仿佛一个被保护者……可内心：谁在反抗，
抵挡他体内起源之洪流？
啊，熟睡者身上没有警惕心；睡着了，
但是有梦境，但是在发烧：他如何沉迷于其中？
他，这新生者，这胆怯者，如何陷入困境，
借助内心事件而不断滋生的藤蔓
已经缠上母本，窒息了成长，追逐着本能冲动的
原型。他曾怎样沉溺于——爱。
爱过他的内心，他的内心的荒野，
他身上的那些原始森林，在那些默默倒下的生命上
矗立他嫩绿的心。他爱过。又遗弃，
从自己的根部走出，进入更有力的本源，
那里已经超越他小小的出生。他深情地
攀升，从上而下进入祖先的血，进入峡谷，
那儿潜伏着可怕之物，餍足了父辈之血肉。每一头
恐怖之物都认识他，向他眨眼，似乎在传递信息。
是的，恐怖之物在微笑……
母亲，你很少这么温存地笑过。他怎能
不喜欢它，当它对他微笑时。他在你之前
就喜欢上了它，因为你怀上他的时候，

他早已进入那让胎儿得以轻松出生的羊水中。

看哪,我们的爱,不像花儿那样,

只爱一个季节;我们爱的时候,

臂膀内升起远古的血液。呵,姑娘,

是这样:我们在内心爱的,不是一个人,一个未来者,

而是无数代人酝酿之物;不只是爱一个孩子,

而是世世代代的父亲,像崩塌的山体般

在我们体内铺了地基;而是世世代代的母亲

形成的干涸河床——:而是全然

无声的风景,笼罩在阴晴不定的

宿命下——:这一切,姑娘,都比你领先到达。

而你自己,又知道什么——,你诱唤

远古时代逆行,进入恋人的内心。什么样的情感

源自物化了的死者。什么样的女人

在那边忌恨着你。为何你要在少年的血脉中

激发出冷峻的男子气?死去的

孩子要来追寻你……嘘,轻点,轻点,

为他做一件可爱的事,可靠的白天做的事情,——

引他到花园附近,给他以夜的优势……

留下他吧……

        (1912 年初,杜伊诺;1913 年秋,巴黎)

第四首

生命之树啊,何时进入冬季?
我们活得不统一。不像候鸟那样
有领悟能力。我们落伍了,
就催逼自己突然转向,
然后坠落在无情的池塘。
我们同时意识到开花和凋零。
而狮子无论游荡到哪里都知悉,
只要它庄严地活着,便远离羸弱。

但我们,全身心打算一件事,
同时已感到另一事的耗费。敌意
对我们来说距离最近。恋人们
不也经常跨越边界,彼此相拥,
向对方承诺距离,狩猎和家园。
于是,为了一幅瞬间的素描
准备了一种相反的底色,费劲地
让我们看清;因为人十分清楚
要靠我们。我们无法辨认
感觉的轮廓;只能从外面看其形成。

谁不曾惶恐地坐在他心灵的帷幕前?
帷幕升起：舞台布景是别离。
很容易理解。熟悉的花园，
轻轻晃动：首先上场的是舞者。
不是这个。够了！不管他跳得多轻松，
他也化装，成了一个市民，
通过他的厨房进入住宅。
我不要这填满一半的面具，
宁可要木偶。它填得满满。我愿意
承受躯壳、铁丝和它的
呈现于外的脸。这里。我在它前面。
即使灯光已灭，即使我被告知：
再也没有了——，即使从舞台
深处吹来恐惧的穿堂风，
即使我沉默的祖先中再也没有人
与我一起坐在那里，没有女士，甚至
再也没有长着褐色斜眼的男孩：
但我还是要留下来。一直凝视。

我说的不对吗？生活对我来说是
如此苦涩，父亲，你品尝我的，
那最初含混地浇铸了我的必然性，
我在成长，你则不断地品尝
且忙于对如此陌生的未来的回味，

审视着我的朦胧的仰视，——
我的父亲，你亡故后，还常常
怀着焦虑，出现在我的希望和我的内心中，
为了我的卑微的命运，你放弃了安宁，
死者享有的安宁之境，
我说的不对吗？而你们，我说的不对吗，
你们爱我，是为了那个小小的
爱你们的开始，可我总是在偏离，
因为我觉得，当我爱你们时，
你们的脸就融入宇宙空间，
你们在那里不复存在……如果我觉得，
我在木偶剧舞台前等待，不，
我看得如此投入，以至于到最后
为了回报我的观赏，必有一位天使出场
扮演杂耍艺人，在高处牵动木偶。
天使与木偶：演出终于开始。
我们始终分裂的存在，在此
合为一体。于是从我们的
四季中形成最初完整变化的
圆周。于是天使就在我们
上面表演。瞧，那些垂死者，
肯定猜不到，我们在此世的所为，
这一切以怎样圆满的借口存在。
一切存在皆非本真。童年的时光啊，

那时形象的背后不只是
过去，我们的前面也不是未来。
当然我们在成长，我们有时催逼自己
快快长大，一半是为了取悦大人，
他们除了大，别的一无所有。
尽管如此，我们在孤独中，
依旧保持着欢乐，伫立
在世界与玩具之间的空隙。
处在一个地点，它从一开始，
就为一个纯粹的过程而创建。

谁向一个孩子显示，他的本来面目？
谁将他安置在天体间，又把距离的尺度
交在他手中？谁以变硬的灰色面包
造成了孩子之死——或把死
放入圆形的口中。就像果核来自于
一个甜美的苹果？……凶手不难
识破。但这一点却无法描述：
死亡，完整的死亡，
在生命开始之前就已经如此温柔地
包含于其中，对存在来说这不是恶。

(1915 年 22—23 日，慕尼黑)

第五首

——献给赫尔塔夫人

但请告诉我,他们是谁?这些江湖艺人,甚至
比我们还要短暂些,他们从小就被催逼,
纠结于一个从未满足过的愿望——
取悦于某人。但这个愿望还是绞出了他们,
扭曲他们,旋转他们,摆弄他们,
将他们抛出,又将他们抓回;他们仿佛
从更油腻、平滑的空气中,落到脚下
那张磨损了的,因他们不断
起跳而变薄了的地毯上,这张遗弃在
宇宙中的地毯。
像一张膏药贴在那儿,仿佛郊外的
天空弄疼了大地。

　　　　　而刚一落地,
站稳脚跟,那儿就显示出大写的
"存在"的头字母……同时,这永远转动的手柄,
为了寻开心,已经让那个最强壮的男人
再次翻滚,就像孔武有力的奥古斯都
在桌上转一只锡盘。

啊，围绕这个

中心，观众的玫瑰：

开放又凋谢。围绕

这捣杵，这雌蕊，它自己

开花并授粉，再次勉强地

让假果实受孕，它们

从未意识到——以薄薄的表皮

轻松地闪现勉强的笑容。

那儿：有个干瘪、起皱的举重者，

如今老了，只能打打鼓，

蜷缩在他强韧的皮囊里，仿佛它以前

曾经包过两个男人，如今一个

已经躺入教堂公墓，另一个还没死，

耳已聋，偶尔有点儿

犯糊涂，苟活在丧偶的皮囊中。

可那年轻的，男的，就像一段脖子

和一个修女产下的孽子：矮胖，壮实，

肌肉发达，头脑简单。

你呵，

这一种痛苦，微不足道，

曾被当作玩具接受,在它的
漫长的康复期中……

你,撞击落地的孩子,
似乎只有果子理解你,尚未成熟,
每天就上百次地从共同建筑的运动之树上
坠落(这,比流水还迅捷,几分钟内
就经历了春、夏、秋)——
坠落并撞向墓地:
偶尔,在停顿的瞬间,一丝爱意
试图从你脸上生出,掠向你的
难得温柔的母亲;但这勉强尝试的
羞怯表情,随即消失于你自己的
表面已消耗的身体……那人
再一次击掌示意你跳起,而你,唉
每当一种痛苦明显快要接近不断
狂跳的心脏前,脚底的烧灼感
就先抵达其痛苦之源,于是
体内的眼泪迅速夺眶而出。
却又盲目地,
转化为笑容……

天使呵!快采撷,摘下,这株带小花的药草。
把它保存在花瓶中!放进那些,尚未对我们

开放的欢乐中；把华丽的花体字铭文
写进可爱的骨灰瓮，赞美：
"卖艺人的笑容"

还有你，可爱的少女，
你，被诱人的欢乐
默默地略过。或许
你的流苏因你而幸福——，
要不就是那年轻
丰满的乳房上绿金般的绸缎
感到万千宠爱，尽在一身。
你，
安静的原产地水果，总是以不同方式
堆放在所有摇晃的秤盘上
公开展示在众多的肩膀中。

呵，那个位置在哪里——我心中有数——，
但他们好久无能为力，彼此脱离，
犹如一对试图交配，而不到位的
动物；——
那儿杠铃还很沉；
那儿转碟还是从
徒劳旋转的杆子上，
晃悠开去……

之后突然在他们辛苦的无着落处,突然
在这不可言说的地点,纯粹的太少
不可思议地变成——,转变成
那种空虚的太多。
多位数的计算在此
除尽为零。

广场,呵巴黎的广场,无尽的秀场,
那儿的制帽女工,拉莫夫人,
缠绕和编织着,连绵不断的尘世之路,
无休无止的丝带,她新发明的
飘带,镶边,花饰,帽徽,人造的
水果——全都染上
虚假的色彩,——为了廉价的
命运之冬帽。
……
天使呵!假如有个广场,我们一无所知,那儿,
在无法言表的壁毯上,恋人们展示了,此间
他们迄今从未有过的那种技能,大胆
向上的心灵飞动之造型,
他们的欲望之塔,他们
早就脱离了大地,如今彼此相倚
形成颤巍巍的阶梯,——如果他们能,

面对周围的观众,无数缄默的死者:
那么死者最终是否会把他们一直积攒着,
一直藏匿着,我们所不知道的,永远
通用的幸福钱币,抛向安静的
壁毯上那一对永远真诚微笑的
恋人?

(1922年2月14日,穆佐)

第六首

无花果树,在我心中你早就充满寓意,
你几乎完全跳过了花期,
不动声色地,将你的纯粹的奥秘,
催入了时序决定的果实。
你弯曲的枝丫犹如喷泉的管道驱动
浆汁下渗又上涌:而它几乎尚未苏醒,
就从梦中跃入其甘美成就的幸福。
瞧:就像神披上了天鹅的羽衣。
　　　　　　　……但我们徘徊着,
唉,为开花而炫耀,泄露了自己,进入
我们最终的果实被延误的内核。
少数人对行动的渴求是如此强烈地升起,
他们早已等待在内心的丰沛中燃起烈焰,
当开花的诱惑如柔和的夜风触动
他们嘴上的青春和他们的眼帘:
或许对于英雄和那些注定夭亡的人们,
园丁般的死神从相反的方向扭曲了脉管。
他们勇往直前:领先于
自己的微笑,犹如卡纳克柔和的

浅浮雕上，六驾马车领先于凯旋的君王。

奇怪的是，英雄竟酷似那些早夭者。绵延的时间
不与他争锋。他的上升就是存在；他不断
进取，跨入变幻莫测、危险不断的
星座，那儿几乎没人能发现他。但，
那阴沉地向我们隐瞒，又突然热情起来的命运
把他唱进了雷声隆隆的宇宙中。
我还没听说过有谁**像他**。他隐约的
声音挟带着气流，瞬间将我穿越。

那么，我怎会愿意对自己隐匿这个渴望：呵，我但愿，
但愿自己还是个男孩，可以变成他，坐在
支撑未来的臂膀上，读着参孙的故事，
他的母亲起初如何不孕，之后娩出了一切。

母亲呵，他不早就已经是你体内的英雄，
不早就已经在你体内，开始他专横的选择？
子宫中成千上万个精子，都想成为他，
但看哪：他把握并舍弃——选择并称雄。
当他撞毁圆柱时，就像当初，他冲破
你肉身的世界，进入更狭窄的世界，那儿他再次
选择并称雄。众英雄的母亲们呵，川流不息
之源头！少女们已经从高高的

心之边缘,悲叹着,

冲入你们的峡谷,成为未来儿子的祭品。

因为英雄勇往直前,穿越爱的羁留地,

每个人都将他高举,每颗心都为他跳动,

他已经转身,站在微笑的尽头——面目一新。

(1912年2—3月,杜伊诺;1913年1—2月托莱多,龙达;

1913年晚秋,巴黎;1922年2月9日,穆佐)

第七首

成熟的声音呵,别再让,别再让求爱
成为你呼唤的天性;尽管你的呼唤云雀般纯净,
当翱翔的季节托举它上升,差一点忘记,
它是一个忧虑的生灵,不单单是一颗心,
被抛进明朗、亲切的天空。像它一样,
你也追求幸福——只想让不可见的,
安静的女友感觉到你,在回应中
渐渐苏醒,在倾听中温暖自身,——
你大胆的感情,她炽热的激情。

呵,春天懂得——,无处不在传颂
圣母领报节的声音。起先是那些小小的
询问蜂拥而至,与上升的寂静一起,
放大了一个纯粹肯定的白昼的沉默。
然后,拾级而上,在召唤之梯上,向着未来
梦中的殿堂——;然后颤音,喷泉,
急促的水柱已经预示了在承诺的游戏中
溅落……看哪,夏天就在前面。

不只是所有夏日的清晨，不只是
它们在白昼的变化和开始前的闪烁。
不只是白昼，在鲜花的簇拥下，显得柔和，
在周围乔木的映衬下，强壮而有力。
不只是这些展开的力量之虔诚，
不只是道路，不只是黄昏的草地，
不只是，傍晚的雷雨过后，呼吸到的清新，
不只是随黄昏而来的，睡意和预感……
而是夜晚！而是那高旷的、夏天的
夜晚，而是星星，大地上的星星。
呵，总有一天死神降临，会无限地认识它们，
所有的这些星星：因为怎么，怎么，怎么会忘记它们！

看哪，我在这儿呼唤情人。但不只是她
一个人前来……少女们纷纷走出
衰弱的坟墓并站立……因为，我怎能，
怎能限定被召来的呼唤？沉没者总是不断
寻找着陆地。——孩子们哪，你们
在此抓住的每一事物就抵得上无数。
不要以为，命运多于童年的致密；
就像你们经常无缘无故地在旷野
快乐地追逐之后，气喘吁吁地抓住心上人。

生活在此地美妙无比。姑娘们，要知道，你们

即使表面看来一无所有,沉迷于——,最邪恶的
都市小巷,溃烂不堪,或被遗弃
在露天。因为属于每个人的一小时,或许不是
完整的一小时,而是一个无法用时间尺度
来衡量的两个片刻的间隙——那就是你们能
把握的存在。全体。血管被存在充满。
只不过,我们很容易忘记,邻居的笑容
没有向我们确认或嫉妒的东西。我们
想表明,最明显的幸福即使向我们显示,
我们也得首先将其化入内心,才能辨认。

爱人啊,除去内心,世界将不复存在。我们的
生命伴随着变化前行。外部世界
一点一点地不断消失。从前坚固的老屋那儿,
契入了伪建筑,以便尽可能完全彻底地
将它弃置于后,而它却仍完整地屹立在脑海中。
时代精神造就了宽敞的力量仓库,尚未定型
犹如紧张的冲动,将一切收入囊中。
它不再认识神庙。这些心灵的挥霍之物,
我们悄悄存储。是的,曾经持续之物,
被祷告、被服侍和跪拜之物——,
已在不可见之地,如其所是地保存了自己。
许多人不再觉察到,即便没有这种优势,
此刻也可在内心筑起廊柱和雕像,更加宏丽!

世界每一沉闷的转折总有这样的被褫夺者,
他们既不属于过去,也不拥有未来。
因为那近在咫尺的,对于人类依然遥远。我们对此
不应迷惘;它激发我们内在的力量保护
其可辨认的形象。——它曾屹立在人类中,
屹立在命运的中心,在毁灭中,屹立在
不知何往的中途,如同存在,它曾让星星,
从稳固的天空俯下身来形成拱顶。天使啊,
我将它指给你看,那儿!在你的注视中
它终于获得拯救,最后笔直地站立。
圆柱、双塔门、斯芬克司、灰白的拱顶,
从消逝的城邦,或异域的大教堂中拔地而起。
这难道不是昔日的奇迹?赞叹吧,天使,我们就是这一切,
至伟者呵,请你讲述,我们有如此的创造力,我的呼吸
尚不足以赞美这一切。因此我们拥有的
不是这些失落的空间,这些赐予的,这些
属于我们的空间。(它们必定大得令人害怕,
因为历经千年我们的情感也不曾将其填满。)

但不是曾经有个宏大的城堡吗?天使啊,这就是它,——
宏大,即使在你的映衬下?沙特尔教堂宏大——而音乐
则在远方越过我们高高翱翔。即使只有
一个恋人——呵,每晚独倚窗口……

她不也抵达了你的膝头——?
别以为,我在求爱。
天使,即使我追求你!你也不会来!因为我的
呼唤中永远充满逃离;反向的气流
强大得你无法抗拒。我的呼唤是
一只伸开的臂膀。它向上伸出
欲去抓抢的手,在你面前
张开,犹如抗拒和警告,
不可理喻,高不可及。

(1922年2月7日,穆佐)

第八首

生物全都睁大眼睛注视
空旷。唯有我们的眼睛
似乎从反向，在它周围打转，
如陷阱，围住它自由的出口。
外面的一切，我们只有通过动物的
面容才能理解；因为我们早已
迫使儿童转向，让它倒退着
注视形状，而不是空旷，其
在动物眼中如此深邃。远离死亡。
唯我们看得见它；自由的动物
总是死亡在身后，神祇在前面，
当它前行时，就进入
永恒，如泉水奔涌。
我们从未拥有，一天也不曾拥有，
我们面前的纯粹空间，花儿在其间
无尽地开放。永远存在的是世界
从未存在过没有"不"的乌有乡：
那纯粹，无人监管的空间，人呼吸于其中，
无限地理解却并不渴求它。就像孩子

沉迷于宁静中，而后又被
撼醒。或者人去世后也**如此**。

因为人一旦接近死亡，就再也见不到死
或许借助巨大的动物之眼，而向外凝视。
恋人们，如果不是对方
挡住视野，就会在它身边发出惊叹……
似乎由于疏忽，它在对方身后
向他们开启……但没有人能
越过它前行，于是世界为它复归。
永远面对创世，我们
只看到它上方被我们弄得模糊不清的
自由的镜像。或者一头动物
沉默地仰视，平静地将我们看透。
这就叫命运：面对面
没有别的，永远面对面。
假如我们的族类意识在
可靠的动物体内，它就会逆向地把我们
拉到另外的方向——，与它一起
在我们周围游荡。但它的存在对它来说
无穷无尽，无法理解，没有目光
关注它的状态，纯粹，犹如它的眺望。
在我们看到未来的地方，它看到了万物
和万物中的自己，并且永远愈合。

但是在警觉温热的动物体内

有一种巨大的忧郁之重量和忧虑。

因为那经常压抑我们的，

也始终粘在它身上，——回忆，

仿佛人类曾经追求的那个东西，

更加接近，真切，并且成为

无限温存的联系。此地万物分离，

彼处只有呼吸。第一故乡之后

是第二故乡，对它来说不伦不类，飘浮游移。

呵，幸福的小生灵，

永居于它们娩出的子宫内；

呵，幸运的蚊蚋，它们即使举行婚礼

也仍跳跃在自己体内：因为子宫就是全体。

再看看鸟儿们一半的安全，

几乎从出生它们就知悉二者，

犹如埃特鲁里亚人的灵魂，

来自一个死者，一个接收的空间，

以长眠的形象为盖。

一只蝙蝠多么惊恐，它必须

从一个子宫中飞出。仿佛

恐惧本身，穿过大气，像一道裂缝，

穿过茶杯。蝙蝠的足迹

就这样划破了黄昏的瓷器。

而我们：观察者，永远，到处
转向万物，而从不望出去！
我们被物充满。我们排序。它崩裂。
我们重新排序，并且自我崩裂。
是谁让我们转向周围，以至我们
无论做什么，都以那种来自
某个告别者的姿态？仿佛他
登上最后的山冈，俯瞰脚下的
整个山谷，依旧转身，停顿，流连——，
我们就这样生活着，并不断地告别。

(1922年2月7—8日，穆佐)

第九首

既然此生有限,度过即可,为何,
要像月桂那样,比周围别的绿色
稍黯一些,每片叶边都有小小的
波纹(像一阵风的笑涡)——:为何
必须要有人的存在——而且,既逃避命运,
又渴求命运?……

    呵,不是因为存在幸福,
这仓促的收益近于亏损。
不是出于好奇,或为了心的练习,
这些月桂树中也会有的东西……
而是因为此生如此丰富,因为此地的一切
似乎都需要我们,这些转瞬即逝者,它们
与我们有着奇特的关系。我们,最易消逝者。每物
一次,只有一次。一次而没有更多。而我们也只有
一次。决无再次。但是
对这曾经有过的一次,即使只有一次:
对于曾经有过的尘世,似乎不能废弃。

于是我们催逼自己,希望完成它,
希望将它握在我们单一的手中,
在充盈的目光,在沉默的心里。
希望成为它。——把它送给谁?但愿
永葆喜欢的一切……呵,在另一种关系中,
唉,人又能给那边带去什么?不是此地慢慢
学会的观察,不是此地发生的一切。不是。
那么,是痛苦。那么,是生存之艰辛,
是爱的持续体验,——那么
全然不可言说。但未来,
将在星光下出现的事物:**更加**不可言说。
但是从山边的斜坡进入谷地的漫游者
手中捧着的不是一把土,那全然不可言说者,
而是一个获得的词语,纯净的,黄与蓝的
龙胆。或许我们在此,就是为了言说:房屋、
桥、水井、大门、陶罐、果树、窗户——
至多还有:圆柱、钟楼……但要明白,是为了言说,
呵,为了如此言说,仿佛事物自身不曾
真心希望存在。莫非这是缄默的大地
隐秘的诡计,它在催促着恋人,
好让他们每次接触都体验到狂喜?
门槛:对于一对恋人意味着
什么,他们会一点点踏破适于自己的
更古老的门槛,即使他们前面的人很多,

后面还有人加入……，这也并非难事。

此地是可**言说的**时间，此地是它的家园。
言说并作证。不止一次
经历过的事物坠入那边，因为，
被迫取代它们的，是没有图像的行动。
痂皮下的行动，渴望撕开裂缝，
一旦从内部隆起，就形成新的边界。
我们的心灵，存在于
锤打的间歇，如舌头
存在于齿间，依然
能表达赞美。

向天使赞美人世吧，而不是那不可言说者，
在他面前你不能自诩有美妙的感受；在宇宙中，
他的感觉敏锐，你只是个新手。那么就
给他看看单纯之物，那是一代又一代人类创造的结晶，
它属于我们，近在我们的手头和眼中。
向他说说物吧。他会惊讶地站立；就像你站立
在罗马的制绳匠，或尼罗河边陶匠的身旁。
给他看看，一物能如此幸福，无辜而又属于我们，
悲哀的痛苦本身如何纯粹决定了形式，
或役于一物，或死后成物——，在极乐的彼岸
逃离琴身。——而这些因死而生的

事物懂得,你在赞美它们;它们暂时
将一件赎回的短暂之物,托付给我们。
我们愿意,我们应该在不可见的心灵中让它整个融入
——呵永远——融入我们!无论我们最终是谁。

大地啊,难道这不就是你的希冀,隐秘地
在我们体内重生?难道这不就是你
曾经隐秘存在过的梦境?——大地!隐秘!
倘若不是变形,什么是你急迫的使命?
大地,亲爱的,我愿意。呵,请相信,
要赢得我,无须更多的春天——,一个,
噢,只要一个融于血就已经足够。
我不可名状地听命于你,从古到今。
你永远公正,而你神圣的念头
是亲密的死。
看哪,我活着。靠什么?无论童年或未来
均未有些许改变……无限的存在
源于我的内心。

(1912年3月,杜伊诺;
1922年2月9日,穆佐)

第十首

愿有一天,我在严峻的审视之终点,
高声欢唱并颂扬赞许的天使。
愿来自心灵的清晰的锤击
没有一次不落在退缩、怀疑或
匆促的琴弦上。愿我的流泪的面容
把自身照亮;愿不分明的眼泪
如花朵般开放。痛苦的夜呵,那时你们于我
会变得何等亲切。愿我不屈膝在你们,绝望的姐妹前,
不拒绝在你们散乱的发辫中
委身更迷乱的自己。我们,痛苦的挥霍者。
我们多想预先看清,悲哀的延续
是否绵绵无尽。但它们恰恰是
我们越冬的植物,我们暗绿的感官,
一个秘密年代的时间,不仅是
时间——,而且是地点、宅居、营房、大地、家园。

但是,唉,忧伤之城的街巷是何等陌生,
从此起彼伏的嘈声中营造出
虚假的安静,从虚空的铸模中

大肆炫耀：破碎的古迹，镀金的喧嚣。
呵，一位天使怎样不露行踪地踏进他们安魂的市场，
旁边紧挨着他们现成买来的教堂：
整洁、关闭而令人沮丧，如同周日的邮局。
但是集市外的边缘不断有涟漪泛起。
自由的晃荡！热情的潜水员和杂耍艺人！
还有那画着艳俗的幸福图像的靶场，
假如被一位灵巧者射中，那儿靶子就来回移动
发出铁皮的撞击声。意外的喝彩声
弄得他晕头转向；因为货摊又击鼓又吆喝，
招徕着每一颗好奇心。但主要是为了
吸引成年人前来观看，解开钱如何生钱的奥秘，
而不仅是为了娱乐：金钱的生殖器，
一切，全体，过程——，事先告知，保证
收益……
……呵，可就在这外面，
在最后的板壁后，贴着"不朽"字样的广告，
那些苦啤酒，喝起来似乎有点甜，
如果你经常咀嚼新鲜的消遣……，
就在板壁的背面，就在它后面，是真实。
孩子们在玩耍，恋人们真诚相拥——不远处，
贫瘠的草地上，还有狗在撒欢。
年轻人不由自主走得更远；或许，他爱上了一个
年轻的哀怨……他跟随她踏上了草地。她说：

——远处。我们居住在那外面……

　　哪儿?于是这年轻人
跟随着。她的风姿打动了他。肩膀,颈部——或许
她出身高贵。但他离开了她,转身,
回首,致意……那又怎样?她是一个哀怨。

唯有年轻的死者,刚刚进入
永恒宁静、与世隔绝的状态中,
爱慕地跟随着她。她等着
少女们,和她们交朋友。温柔地向她们展示,
她身上的装饰。痛苦的珍珠和精心编织的
忍耐的面纱。——她默默地与年轻人
一起前行。

但在她们居住的山谷那边,还有个更老的哀怨,
接纳了年轻人,当他问:——我们在哪儿,
她回答说,我们哀怨,曾经是个大族。父辈
在大山那边经营着矿场;在人类旁边
你偶尔会发现一块打磨过的原初—苦难,
或出自古老的火山,凝固的矿渣形成的愤怒。
是的,它来自那儿。我们曾经很富有。——

于是她温柔地带他穿越哀怨的广袤国土,
向他展示神庙的廊柱或那些城堡的

废墟,这片领地曾归贤明的
哀怨一王侯统治。她向他展示高大的
泪树和开放着忧郁之花的田野,
(活人只把它们认作柔软的树叶);
向他展示正在吃草的哀伤的动物,——不时
有一只鸟儿惊起,平缓地穿越它们仰望的目光,
在远方勾勒出它孤独哀鸣的文字图像。——

每晚她都引导他走向古老的花园
它来自哀怨一家族,西比尔和警告一主人。
但接近午夜,她变得更加温柔,不久
月亮上升,莅临
守护一切的墓碑。尼罗河畔那个兄弟般,
崇高的斯芬克司——:缄默的墓室的
面容。
然后他们惊叹于加冕的颈部,它永远
沉默地,将人面
置于星斗的天平上。

他的目光因早逝而眩晕,
看不清它。但她的凝视
穿透双冠—边缘,吓走了猫头鹰。而它,
以迟缓的双翼掠过面颊,
那种最成熟的弧形,

在新亡者的听觉中，

在一张双面翻开的书页上，

轻轻画出无法言说的轮廓。

更高处，是星星，新的星辰。苦难大地的星辰。

她犹豫地称之为哀怨：——这里：

看，人马座，权杖，还有完整的星座图

他们称之为：**果篮**。然后，向前，接近极点；

摇篮；道路；燃烧的书；玩偶；窗户。

但在南方的天空，纯净得如同在

一双赐福的手中，那是晶莹璀璨的"**M**"，

它表示母亲……

但死者必须前行，年老的哀怨沉默地

把他带到峡谷旁，

那儿月光闪烁在

喜乐之泉上。她满怀敬畏地

给它命名，说：——在人间

这是一条负载的大河。——

她站在山脚下，

然后将他抱在怀里，哭泣。

他孤独地爬上原初—苦难之山。

他的足音没有从无声的命运中得到一次回响。

但无尽的死者，以一个寓言唤醒了我们，

看,她或许是想展示悬挂在
榛子树上的柔荑,或者
是指雨水,在春季落上黑暗的大地。——
而我们,思考着上升的
幸福,感觉着那种情绪,
当幸福从天而降,
几乎令我们震惊。

(1912年初,杜伊诺;
1913年晚秋至年末,巴黎;
1922年2月11日,穆佐)

 # 献给俄耳甫斯的十四行诗
(1922)

一个小小的诗歌系列,作为墓志铭献给一位年轻的姑娘。

——里尔克

第一部

1

那儿升起一棵树。呵,纯粹的上升!
呵,俄耳甫斯在歌唱!呵,耳中的大树!
于是万物沉默。但即使在这缄默中,
新的开端和转变的迹象也开始显露。

安静的动物被引出了那明亮
自由的树林,从巢穴和栖居地;
它们变得如此温顺,决不是
出于狡计,也不是由于惊慌,

而是由于倾听。吼叫,嘶鸣和咆哮,
在它们心中显得渺小。几乎没有
一间茅舍在那里,将其收留,

却有一个避难所,出自朦胧的渴求,
在其入口处,它的廊柱在颤抖——
你在它们的耳中建起了神庙。

2

几乎还是个少女,她从歌声
和弦琴合成的幸福中飘然而下,
光彩照人,披着春的面纱,
并铺下一张床榻在我的耳中。

然后睡我体内。万物即她的眠。
那些树林曾令我赞叹不已,
那些可感的远方,已感的草地,
而每一次惊艳,都与我息息相关。

她睡这世界。歌神呵,这少女
如何因你而圆满,以至她不愿意,
首先醒来?看,她站起来又入眠。

她殁于何处?呵,在你的歌声消逝前
你可听出这主题?——出离我的身体
她去了哪里?……几乎还是个少女。

3

神能做到。但请告诉我,人该如何

通过狭窄的弦琴遵循他的正道?
他的感官分裂。两条心路交叉的
十字路口无法为阿波罗建立神庙。

歌唱,正如你所教导,不是欲望,
不是对终将企及之物的追求;
歌唱就是存在。这对神易如反掌。
但我们何时**存在**? 而**他**何时又

将大地和星星转向我们的存在?
年轻人,这可不**是**你的爱情,即使
你的歌声冲出你的口,——要学会

忘记你往昔的歌声。它已消逝。
在真理中歌唱,是另一种呼吸。
一种太虚之气。神的呼吸。一阵风。

4

你们有情人呵,请不时进入
那并不在乎你们的呼吸,
让它在你们脸上一分为二,
在你们身后颤抖,重新合一。

你们有福人呵，你们康复者呵，
你们似乎就是心的开端。
为箭张的弓，为箭设的靶，
永远照亮你们带泪的笑脸。

不要怕受苦，让沉重，
将它的重归还给大地；
山也沉重，海也沉重。

甚至那些树，你们儿时所种，
早就长高变重；你无法扛起。
可是那呼吸……可是那虚空……

5

不要建造纪念碑。只让玫瑰
年复一年为他绽开。因为
这就是俄耳甫斯。他的变形
千姿百态。我们无须费心

去找其他名称。一次即永恒
这就是俄耳甫斯，当他歌唱的时候。
他来了又走。如果他有时能
比玫瑰花瓣多活几天，又岂非太久？

呵,他要怎样消逝,才能使你懂得!
即使他自己也在担忧,他会消逝
在词语超越此在的那个时刻,

他已经在那儿,而你却无法跟从。
琴弦之网并未缚住他的双手。
他在超越的同时,又在顺应。

6

他活在人间?不,从两界
他长成了宽广的天性。
谁熟知柳树的根,谁就能
稔熟地将柳条弯成弓。

上床的时候,不要在桌上
留下面包和牛奶;这会招来亡魂——
但是,这个魔法师,他将
在温柔的眼皮下把它们的幽灵

混入一切可见之物;
让来自蓝堇和芸香的咒语,
对他真诚得犹如清越的和弦。

没有什么能毁损他真实之形；
无论来自住宅，或来自坟茔，
让他赞美戒指、手镯和水罐。

7

赞美吧！赞美就是他的使命，
他走来，犹如矿砂出自岩石
之沉默。他的心，呵，无穷无尽
为人类酿酒的短暂的榨酒机。

他在尘土中的嗓音永不会黯然，
当他感动于神圣的榜样。
一切变成葡萄，一切变成葡萄园，
在他那感性的南方成长。

无论是墓中腐烂的王公，
还是诸神投下的阴影，
都无法责备他的赞美中有谎言。

他是一个永久的使者，
留在通往冥界的大门口
手中托着奉献赞美的果盘。

8

只有在赞美的王国,悲泣
才会前来,这泪泉之神女,
守护着我们的下坠,使其
清澈地落上同一堵岩柱,

它将大门和祭坛撑起。——
看哪,围绕她娴静的双肩
同情油然而生,它是
兄妹情谊中最年轻的一员。

欢乐**理解**,渴望忏悔——只有
悲泣依旧在学习;以少女之手
她夜夜点数那古老的谬误。

但是突然,她倾斜着匆促地,
将我们歌声的星座高举
在她的呼吸尚未模糊的天际。

9

只有那在幽冥界中

弹过弦琴的人，
才能把无穷的赞颂
叙说给阳间听。

只有与死者一起
尝过罂粟滋味的人，
才不会再度遗失
那最轻柔的歌声。

尽管池塘中的倒影
经常模糊不清：
要认出其原型。

只有在双重王国中
声音才能变得
轻柔而永恒。

10

问候你们，古老的棺椁，
你们从未离开过我的感情，
罗马时代那欢乐的水波
像一首行吟诗潺潺流经。

或那些敞开的坟墓,犹如
苏醒的牧童欣喜的瞳仁,
——内部储满宁静和蜂乳——
展翅的粉蝶陶醉于其中;①

问候你们,人类从怀疑里
夺回的所有,重新张开的口
早已知道,沉默的含义。

朋友,我们究竟懂了还是不懂?
两界构成的犹豫时刻
刻进了人类的面容。

11

望长空。不有个叫"骑手"的星座?
因为它给我们刻下奇特的印记:
这骄傲来自大地。而第二个星座,
则推动它支撑它,又以它为依持。

存在的强健本性,难道不就是,
先被追逐而后又被服从?

---

① 诗人自注:第二节追忆阿尔勒附近古老而著名的阿里康古墓,《布里格随笔》也以此为题材。

道路和转折。接触一次就知悉。
新的距离。二者合而为同。

但它们是否真的合一？或者双方
并不想并肩踏上同一条道路？
它们已经无语地隔着桌子和牧场。

甚至星星之间的联系也把人欺。
但此刻且让我们出于信仰
快乐地分享这图像。这就足矣。

12

万福，将我们结为一体的精灵；
因为我们其实生活在图像里。
时钟以小小的脚步蹑行
紧挨着我们本真的日子。

真实的位置我们一无所知，
出于实用关系我们采取行动。
触须与触须互相感知，
支撑起遥远的虚空……

纯粹的紧张。呵，音乐之力！

难道不是借助悠然的措施

你才转移了各种干预?

农夫即使自己操劳和费心,

也会让种子在夏天自己变形,

他从不伸手。大地**赠予**。

13

丰满的苹果,梨和香蕉,

醋栗……所有这些都说出了

口中的生与死……我预料……

你可从一个品尝水果的孩子的

表情中读出这些。它们来自远方。

你口中可感到不可言说的从容?

词语所在处,宝藏如泉涌,

惊喜地从果肉中获得了解放。

大胆说吧,如何给苹果命名。

这些甜味,自己先变得浓郁,

然后,在温柔的品尝中成形,

变得纯净,清醒而透明,

意义含糊,阳光、乡土、本地:
呵,体验,感知,愉悦——达到极致!

14

我们与花、果、葡萄叶结伴同行。
它们说出的不仅是岁月的语言。
从黑暗中升起了缤纷的色彩
或许它们拥有死者嫉妒的光明,

它们自己恢复了大地的活力。
我们不知它们占了多少成分。
自古以来这就是它们的本性,
在黏土上打下其自由的印记。

此刻且问:这样做它们是否乐意?……
这催逼的果实,奴隶辛劳的产品,
抟成圆形是为了我们,它们的主人?

抑或它们才是主人,沉睡在根基,
从自身的丰盈中馈赠给我们
这处于沉默的力与吻之间的介体?

15

等着吧……，那美味……已经逃逸
……只有轻柔的音乐，歌吟，舞步——：
你们温情的少女呵，娴静的少女，
起舞吧，跳出品尝过的水果的滋味！

跳柑橘舞吧。谁能把她忘记，
她怎样溺毙自己，以防自身
变得甜蜜。你们已使她沉迷。
她已为了你们转化为美味。

跳柑橘舞吧。请从你们自身
抛出更温暖的风景，让成熟的光彩
闪耀在家乡的风中！通红，敞开，

芳香阵阵！与抗拒着自身
的纯净表皮，与汁液饱满
的幸福者，缔结亲缘！

16

你,我的朋友,感到孤独,因……①
我们慢慢地用手势和词语
将世界变成我们的所有物,
或许是它最软弱、最危险的部分。

谁能用手指指出某种气味?
但是有一种力,威胁我们,
你处处感到……你认识死神,
而你在其咒语前惊恐不已。

看,这就叫共同忍受
把片断和部分,视为整体。
要帮你,谈何容易。重要的是:

别把我植入你心。我长得太快。
但我会牵着**我的**主人的手,说道
这里。这就是身披皮毛的以扫。

---

① 诗人自注:这首诗是写给一条狗的。

17

最底下的远祖,混乱,
奠基一切的根,
隐藏了起源,
从不现出真形。

头盔与猎号,
银发翁的叮咛,
兄弟阋墙之傲,
女士犹如弦琴……

枝丫挤压枝丫,
没有一支舒心……
有一支!上升呵……上升……

但它依然崩断。
高处的这一段
把自身弯成古琴。

18

主人啊,你可听见

新事物在轰鸣颤动?
鼓吹者纷纷上前,
竭力将其推崇。

尽管听不到一声平安
在这阵喧嚣声中,
可此刻这机械零件
还要求得到赞颂。

看哪,这机器:
它怎样转动并复仇
使我们变弱变丑。

既然这力量来自我们,
就让它摆脱激情,
驱动并服侍。

19

任凭世界瞬息万变
犹如过眼云烟,
一切完成之物终将
回归古老家园。

超越变化和进程,
更加自由宽广,
手持弦琴的神,
继续你原初歌唱。

苦难尚未认清,
爱情尚未学习,
死的奥秘远离我们,

尚未敞开自身。
唯有大地上的歌
在欢唱在成圣。

20

可是主啊,请讲,我拿什么奉献你,
你教会众生倾听的神?——
我对一个春日的记忆,
在俄罗斯——一匹马,它的黄昏……

对面乡村走来这孤独的白马,
前蹄被绑上了木桩,
它将在草原上独自过夜;
它蓬乱的鬃毛又怎样

激情奔放，拍击在它的颈上，
当驰骋被粗暴地阻拦。
它腾跃而起，血脉贲张

它感觉到了宽广！当然！
它在倾听，在歌唱——，你的传奇
就封闭**在**它体**内**。
　　我献上：它的图像。

21

春天已经回归。大地犹如
一个孩子，读懂了这首诗；
很多，呵很多……为这辛苦
漫长的学习，她得了赏赐。

她的老师严格。我们喜欢
那个髯须白色的老人。
此刻，我们问，如何称呼
绿色和蓝色：她能，她能！

大地，已获自由，此刻你幸福地，
与孩子们玩耍吧。我们想抓住你，

快乐的大地。最快乐者得胜。

呵,老师教给她的,很多东西,
在根部和艰难的树干上久久地
打下印记:她歌唱,她放声![1]

22

我们是推动力。
而时间的脚步,
不过是琐碎之物
在永恒的持续里。

一切倏忽不定者
早已消失于无形;
因为唯有永恒者
才能使我们成圣。

孩子呵,别把勇气
虚掷在快速的行进,
和试飞的实验里。

---

[1] 诗人自注:这首迎春小曲似乎相当于一支令人惊叹的舞曲的"注解"。那是在龙达的小修道院(西班牙南部),我听见唱诗班的孩子在晨祷时唱它。孩子们一直合着舞蹈的节拍,在三角铁和铃鼓的伴奏下,唱着一段我听不懂的歌词。

万物都在休息：

黑暗与光明，

花朵与书籍。

23

呵，只有**那时**，当飞翔

不再是为了

升入穹苍的寂静

满足于自身，向上，

它才能在明亮的轮廓中，

作为成功的器械，

扮演起风的新宠，

平稳敏捷地摇曳——

只有当一个纯正的方向

超越了膨胀的机械

少年的狂妄，

那急于求成，

逼近遥远者，才会

变成，孤独的飞翔本身。

24

我们是应摈弃古老的友谊,那伟大的
从不需要宣传的诸神,只因我们
严格培育的产品,坚硬的钢,对之排斥,
抑或突然到某张地图中去寻找他们?

这些强有力的朋友,从我们的身边
夺走死者,却从不会触动我们的轮子。
我们已把饮宴和浴缸——挪得远远,
对我们来说信使总是来得太迟,

不断被我们超越。孤独者如今
互相依赖整体,却互不相识,
我们不再把小路看作美丽的曲径,

而是视为捷径。只有锅炉依旧燃着
往日的烈焰,举起越来越大的锤子。
我们却像漂浮者,耗尽了体力。

25

但**你**呀,此刻,我依然认识**你**,

像一朵花,虽不知其名,可依然
会再次想起并向人指点,被掐断的
无法抑制的叫喊着的美丽女伴。

先翩翩起舞,突然,犹疑的身体,
暂停,仿佛她的青春被浇铸进青铜;
悲叹和谛听——。然后,从众神那里
她的音乐下降进入变化了的心胸。

疾病临近。来自阴影的侵袭已经
催逼暗红的血,但,暂时犹疑不定,
它长驱直入它自然的春天。

一次又一次,被黑暗和坠落所中止,
它闪烁在尘世。直到可怕的叩击
之后它踏入绝望开启的门槛。[①]

26

但你,神圣的你,一直歌唱到最后一刻,
当被遗弃的女祭司蜂拥而至展开攻击,
你用和声压倒了她们的尖叫,你美者呵,

[①] 诗人自注:致薇拉。

你动人的演奏,从那些毁灭者中升起。

没有谁能够损毁你的头颅和弦琴,
不管她们怎样狂怒和撕打;而所有
她们砸入你心灵的、尖利的石头,
却因你而变柔,具有了倾听的才能。

她们最终撕裂了你,为复仇心所煽动,
但你的琴声依然萦绕在雄狮和岩石
树木和鸟群中。至今你仍在那儿歌吟。

呵,你逝去的神!你的踪迹永存!
只因仇敌最终肢解和抛散了你,
此刻我们才能倾听和传达天籁之声。

第二部

1

呼吸,你不可见的诗!
不断地为自身的生存
在太空展开纯净的交际。
我自己从中达成和谐的平衡。

唯一的波浪,我是
你逐渐上涨的海洋;
你来自一切可能之海的节制,——
赢得的空旷。

我体内已经有多少腾空
的地方。阵阵清风
犹如我的儿子。

认识我吗,空气,你曾一度占据我的领地?
你,曾是我的词语的
光滑的树皮、弧形和叶子。

2

正如大师有时一挥而就
就在页边留下**真实的线条**：
明镜也会常常如此保留
少女那神圣而独特的微笑，

当她们在清晨试妆，独自——
或就着屈从于她们的灯光。
而真实的面庞在呼吸里，
之后，只落下一个镜中之像。

目光在壁炉中之**所见到**
不过是早已燃尽的烟垢：
生命匆匆一瞥，已永远消逝。

呵，大地，这些毁损谁知道？
唯有他，依然以高放的歌喉
赞颂心灵，回归它出生的整体。

3

镜子：至今尚未有人知道并

描述过你们存在的本质。
就像筛子中纯粹的孔,你们
填满了时间的缝隙。

你们,依旧是空客厅的挥霍者——,
当暮色下降,如森林般宽广……
一盏十六角枝形吊灯的光照射
将无人涉足的区域照亮。

你们的画面充满了偶然。
一些似乎已经**进入**你们身体——,
另一些则害羞地被你们遣散。

但最美者将会留下,
直到那明澈自由的那喀索斯,
在那边渗透你们包容的面颊。

4

呵,这就是那动物,它并不存在。
她们并不了解,却对每种情形
——它的漫步,它的举止,它的头颈,
甚至它沉静的目光——都很钟爱。

它虽不曾**存在**。只因她们爱,就变成
一头纯净的动物。她们不断腾出空间。
而在这明亮闲置的空间中,它轻轻
抬起它的头颅,几乎不需要存在。

她们没有用谷物喂养它,只要
不断给以机会,它就能存在。
而这机会竟给这动物以如此强力,

以至它从前额长出了一只角。独角。
它向某个处女走来,全身素白——
先进入银镜,再进入她的身体。①

5

银莲花的肌腱次第开放
向着清晨的草原,
直到天堂之光和声响亮
涌入她的膝间,

无穷无尽接纳的肌腱

---

① 诗人自注:独角兽具有古老的、在中世纪一直备受推崇的童贞的含义,据说它对于凡夫俗子是非存在物,一旦出现在处女为它捧着的"银镜"中(见十五世纪的壁画),便进入"她心中",犹如进入第二个同样纯净、同样隐秘的镜子中。

在沉静的花星中绷紧,
有时它完全沉溺于丰满,
以至沉没暗示的宁静

几乎不愿很快从远方
返回到你绽开的叶边:
你,**多少**世界的决定和力量!

我们粗暴者,却活得更久。
但**何时**,以何种生命的形态,
我们最终敞开并成为接纳者?

6

玫瑰,①你加冕登基,在古人眼中
不过是一只卷边简朴的圣餐杯。
但你无数盛开的花朵,对于**我们**
则是取之不尽的题材。

你雍容华贵,全身溢彩流光
仿佛裹上层层锦衣;

---

① 诗人自注:古代玫瑰是一种简朴的"Eglantine",颜色有红有黄,形状若火焰。在瓦莱州只有个别花园里有。

但你的每片叶子又互相避让
放弃了任何衣饰。

几百年来你的香味为我们
唤来最甜美的名字;
它突然停留如名声飘浮在空中。

但我们还是不知如何称呼你,我们猜测……
而记忆将它转向高处,那正是
我们祈求的呼唤过的时刻。

7

花儿啊,你们最终与巧手结缘,
(古往今来少女的纤手),
常常铺满了花园桌子的边缘
疲乏无力,轻伤娇柔,

等待着水,让你们从最初的死里
再次恢复生机——,如今,
你们重新挺立在流动的两极
敏感的手指间,那行善的举动

超出了你们的预期,你们轻而易举,

就在花瓶中重新发现了自己,
渐渐清醒,而来自少女的温暖,犹如

因你们而发的忏悔,如阴沉疲惫的罪行,
采撷之罪,——而与她们重建的联系,
则是你们自己在盛开时结下的盟。

8

你们,为数不多的童年玩伴
在分散的城市公园中;我们怎样
互相发现对方而又犹疑不安
就像画中拖着纸飘带的羔羊,①

沉默地交谈。一旦我们高兴,
快乐没有归属。它是谁的财富?
它怎样融入所有过往的人群
又化为漫长岁月中的忧虑。

马车滚滚向前驰过我们身边,令人陌生,
房屋矗立在我们面前,坚固而不真实,——
从来没人理解我们。万物中什么才是真?

---

① 诗人自注:画片中的羔羊只借助飘带交谈。

没有。只有球。它们抛出奇妙的弧线。
甚至也没有少年……但偶尔有一个走过,
呵,一个人消逝,在掉落的球下面。
(纪念艾贡·冯·里尔克)

9

法官们,不要吹嘘,刑具可有可无
铁链再也不会把人的脖子锁住。
心灵根本没有得到提升,——刻意
发作的悲悯温和地将你们扭曲。

那世世代代继承的绞架将再次
回归,就像儿童取出往年生日的玩具。
真正慈悲的神,将以不同的方式
敞开心胸,跨进纯净的高处

像进入大门。它坚定有力地前行
容光焕发,就像所有的神明。
胜过吹送巨船平稳航行的大风。

不亚于隐秘的小小的馈赠,
在内心的宁静中赢得了我们,
犹如无限交欢产下安静游戏的儿童。

10

机械威胁着赢得的一切,只要
它胆敢自作主张,以智性代替服从。
妙手不再把最美丽的犹豫炫耀,
为坚定的工程它将坚硬的山头凿空。

它无处不在,我们**每**摆脱它一次
它就在安静的工厂中加油自我倾听。
它就是生命,——它自以为无所不知,
以同样的决心来排序,制作和毁损。

但此在依然使我们着迷;它是本源
依然到处显现。来自纯粹的力的游戏,
没人与之接触,而不会屈膝并惊叹。

词语依然轻轻说不可言说的事物……
而常新的音乐,出自最震荡的岩石,
在无用的空间中建筑它的神性之屋。

11

自从你,不断征服的人类踏上狩猎之路,

许多有条不紊的死亡法则,就已形成;
比起网罟和陷阱,我更理解你,篷布,①
人们将你挂在喀斯特山洞。

他们将你轻轻放下,仿佛你是一个标志,
欢庆和平。可接着,奴仆在一边将你抖动,
——于是,黑夜从洞中放出一串鸽子
苍白的它们扑腾在亮光中……
       但甚至**这**也合理。

让任何怜悯的叹息远离旁观者,
不**仅**远离猎手,他早就及时证明,
机警地完成了交易。

杀戮是我们流浪的哀伤的一种结构……
纯洁是愉悦的内心中,
我们自发生成的东西。

12

下定变形的决心。呵,为火焰而兴奋,

---

① 诗人自注:在某些喀斯特地区,人们按照古老的狩猎习惯,将篷布小心地挂进洞穴中,然后以一种特殊方式突然抖动,从而把白得出奇的岩洞野鸽赶出它们的地下住处,趁它们仓皇飞出时将它们捕杀。

借变形炫耀，某物已与你分离；
那个设计的心灵，把尘世掌控，
他喜欢转捩点而不是飞旋的姿势。

停留在自闭状态的，已**成**凝固者；
莫非它幻想以低调的灰色保护自己？
稍等，远方的最坚固者警告坚固者。
悲哉——：缺席者的铁锤已举起！

谁自身如泉涌，就能被有识者认出；
他将通过明快的作品愉快地将其引领，
创作常以结束为开始，以开始为结束。

每一个幸福的空间都是分离的子孙，
他们惊奇地穿越其中。**而**变形的**达芙妮**
自从以月桂感知，便希望你在风中变形。

13

领先于所有的离别者，如同
刚刚过去的冬天，在你身后。
因为冬中还有一个无尽的严，
为了越冬，你的心只能忍受。

永远死于欧律狄刻中,歌唱着上升,
赞美着上升,回归于纯净的联系。
这里,在死者充斥的衰微王国中,
做一只声音清脆、哐啷破碎的杯子。

成为——并理解非存在的前提,
那个你内心感应的无限的根基,
你能圆满完成的唯有这一次。

大自然蕴藏丰富,总数无法言说,
在被利用的同时,又被无声地挥霍,
愉快地加上你的,然后抹去这个数字。①

14

看看这些花儿,它们忠于尘世,
我们从命运的边缘把命运借给它们,——
可谁懂得!当它们惋惜自己凋零时,
它们的悔恨,其实是针对我们。

万物都想上升。我们却沉迷于重力,

---

① 1922年3月18日,里尔克在将这首诗的副本寄给女友薇拉的母亲克诺普夫人时,这样写道:"兹谨附赠十四行诗一首,因为总的说来,它最亲近我,说到底,也是最适用的……"

把一切压上自身,如负重者般;
呵,我们对于万物只是兼职的教师,
因为它们永远享有幸福的童年。

若有人把它们带入亲密的睡眠,与万物
一起沉睡——:呵,他会怎样悄悄走来,
一天一天地改变,走出共同的深处。

或许他会停留;它们开放并赞美
他,这改宗者,如今已和你们一样,
所有娴静的草原之风的兄弟姐妹。

15

呵,泉之口,你给予,你口中
说着永不枯竭的一个词,纯净——,
你,面对泉水流动的表情,
罩上大理石的面具。背景中

导向源头的水渠。远远地经过
墓群,从亚平宁山的斜坡流下
你携带着你的话语,之后
它进入你黑色的老化的下巴

从高处滑入面前的容器。
这就是那只躺卧着的耳朵,
大理石耳朵,你不断地向它诉说。

一只大地的耳朵。唯有独处
它才能言说。插入一只水壶,
它会觉得,你打断了它的言说。

16

一次又一次地被我们所撕裂,
这位神的职责,就是愈合。
我们敏感,因为我们想理解,
但他无处不在又明朗清澈。

即使他将圣洁的供品
无奈地纳进他的世界里,
出于自由的目的本身
他也漠然地加以拒斥。

只有死者才能啜饮
从我们这里**听到的**泉涌,
当神默默地向死者示意。

我们能够领受的只有噪声。
羊羔出于更安静的本能
请求给它挂上颈铃。

17

在哪里,在哪个水源丰沛的极乐花园,
从哪棵树,哪朵悄悄落叶的花萼上
长出了这些慰人的奇异水果?这些
美味,在你的被践踏的贫瘠草地上,

你或许可以找到一枚。一次又一次
你会惊讶于,那果实的硕大,
它存在的完整,那果皮的柔软,
鸟儿的轻率和地下虫子的妒忌竟然无法

预先将其剥夺。这些果木,如此奇异
莫非是飞翔的天使和隐秘懒散的园丁所赐,
以至它们为我们结果,却又不属于我们?

我们这些阴影和幽灵,难道从来没有能力
通过我们匆匆成熟而又重新凋零的举止,
去干扰那个镇定的夏日的宁静?

18

舞女呵,你怎样以翩翩的舞步
展示了这过程:万物皆流。
最后的旋转,这来自运动的树,
是否将岁月提供的全都回收?

莫非它安静的树冠突然绽放,
你刚刚还簇拥在它周围旋转?
它头上可有过太阳,夏天,热量,
这热量因来自于你而无法计算?

可它也结果,它结果,你这狂喜之树。
难道这些不是宁静的果实:这水罐,
成熟的条纹,还有更成熟的瓶壶?

而在画面中:难道不会长存这形象:
你眉上浓重的一笔
迅速地画在了自己旋转的内壁上?

19

黄金居住在娇宠银行的某个处所,

与成千上万的人称兄道弟。
可那行乞的盲人在铜币眼里
就像遗弃之所,橱柜下尘封的角落。

资本在商铺中流动就像回到家园
它用丝绸、香料和毛皮把自己妆饰。
无论睡着还是醒来资本都在呼吸
他,这沉默者,就居留在呼吸间。

呵,这永远张开的手,夜里怎样捏紧。
早上命运再次将它抓住,又每天
将它伸出:聪敏,卑劣,不断毁损。

但愿有个旁观者,最终惊讶地领悟并
称颂你永恒的存在。唯高歌者能开言。
唯神圣者能倾听。

20

星星间的距离何等遥远;但更遥远的,
是人在此时此地学到的东西。
譬如,一个人,一个孩子,一个邻居,——
呵,远得不可思议。

命运,衡量我们或许以存在为尺度,
它使我们觉得疏离;
想一想,从女人到男人有多远的指距,
当她对他既躲避又渴望时。

一切都很远——,无处有圆自我封闭。
看看汤盘中,兴冲冲准备好的餐桌上,
那张古怪的鱼脸。

鱼是哑巴……人们曾以为。谁知悉?
但难道最终没有一个地方,
那儿的人不开口,就说出鱼的语言?

21

我的心啊,歌唱你不理解的花园吧;
犹如浇注在玻璃中,它清澈,不可企及。
幸福地歌唱它们,颂扬它们吧,
伊斯法罕的泉水或设拉子玫瑰无与伦比。

证明吧,我的心,你与它们从不离分。
这些成熟的无花果,它们想念你。
你在繁花茂枝间,与它们在一起
犹如风儿在成熟的脸庞中穿行。

不要误以为——已做出的决定
导致了匮乏:生活吧!
丝线,你已被织进了织品。

无论内心融入什么画面,你都要感悟,
(哪怕它来自生命中痛苦的时刻),
构成这灿烂壁毯的整体意图。

22

呵,不管命运如何:我们的生存
丰盛得不可思议,在公园漫溢——
或者就像紧挨着地基的石雕人
把阳台下高高的拱门撑起!

呵,铜钟,你的木杵
每天迎着沉闷的日子敲响。
或者就像卡纳克的廊柱,那廊柱,
比几乎永恒的神庙活得更久长。

今天丰盈在冲击,同样的丰盈,
不过是地平线上黄色的白天匆匆
在过度炫目的夜晚中消逝。

但这疾速在融解,不留一点行踪。
翱翔的曲线穿越了大气,这旅行
或许并非一无所是。只供人反思。

23

呼唤我,在那个属于你的时辰,①
它持续不断地对抗着你:
它乞求着,如同狗脸般贴近,
当你以为终于抓住它时,

它却又不断地掉头转身。
于是被剥夺的大多又归属于你。
我们自由。我们自以为会受欢迎,
实际上在那里变得无所事事。

出于担心,我们渴望有个支撑,
对于古老的我们有时太年轻,
而对于从未谋面的,又太老气。

我们,只有在赞美时才公正,

---

① 诗人自注:致读者。

因为我们,啊,是树枝是钢筋
是那成熟的危险的甜蜜。

24

呵,这些欲望,来自疏松的黏土,常新!
几乎无人给予最初的冒险家以援手。
尽管如此,城市依然从幸福的海湾中生成,
尽管如此,器皿中依然装满了水和油。

我们起初在大胆的草图中规划了诸神,
乖戾的命运当着我们的面再次将其毁损。
但他们永生不死。看哪,我们能
听到那个声音,它最终也会听到我们。

我们,一个千年的种族:永远充满
未来孩子的母亲和父亲,
总有一天,他将超越我们,使未来震惊。

我们永远在冒险,我们有的是时间!
只有沉默的死神知道,我们用什么构成,
每当出借我们时,它总会赢得什么奖品。

25

听吧,你听,已经传来开犁
耙地的声音;人的节奏
再次融入了坚实的早春大地
隐忍的沉静。那新来者

在你看来并不乏味。那经常
来到你身边的,你觉得它好比
新事物重临。你不断地希望,
却从未拥有它。是它拥有了你。

甚至经冬的橡树叶子
暮霭中也会显出未来的褐色。
有时微风也会传递信息。

黑的是灌木丛。粪肥层层
堆积在田里,犹如更浓的黑色。
每个流逝着的时辰,变得更年轻。

26

鸟儿的啼鸣如何触动我们……

任何一次性创造出来的呼唤。
但那些在旷野玩耍的孩子,已经
在真实的呼唤那边发出了呼唤。

呼唤偶然。他们把尖叫声
揳入了宇宙空间中的缝隙,
(欢快的鸟鸣进入其中,
犹如人在梦里——)。

呜呼,我们身在何处?越来越自由,
就像断了线的风筝
我们追逐在半空,在哄笑声中

被风撕裂。——安排好呼唤者,
歌唱的神!让它在瑟瑟声中苏醒,
如同水流把头颅和竖琴承受。

27

是否真有时间,那毁灭者?
它何时在沉睡的山上摧毁了城池?
这颗心啊,永远归神所有,
造物主何时对它施加过暴力?

我们是否真的如此胆怯脆弱，

就像命运想在我们身上得到证明？

难道童年，那深沉的，承诺，

植于根基——后来——寂静无声？

呵，转瞬即逝的幽灵，

穿越那敏感的轻信

消散，如一缕轻烟。

我们的本性，就像驱动机，

但我们依然把持续的力

视为神性的承传。

28

呵，来了又去。你①，几乎还是个孩子，

你的舞姿瞬息间

与那纯洁的星座之舞融为一体，

沉闷有序的自然

暂时被我们所超越。因为唯有它

才完全听懂了，俄耳甫斯的歌声。

---

① 诗人自注：致薇拉。

彼时彼地你被感动且有点惊诧,
当一棵树久久难下决心,

是否与你一起前去聆听。
你还知道星星的位置,那里弦琴
在听不见的中心,高高奏响——

你为它尝试优雅的舞步并希望,
有朝一日将朋友的脚步和面孔
转向重新恢复了的欢庆。

29

远方的沉默的朋友①,请感知,
你的呼吸怎样依旧扩张着太空。
在屋梁昏暗的钟座上,让自己
高声鸣响。那消耗你的已经

变成一种超出营养的力。
与它合而为一,参与这转化。
什么是你最痛苦的经历?
若饮下苦水,就将它变成酒吧!

---

① 诗人自注:致薇拉的一位朋友。

今夜如此丰盈,就让
你的感官成为十字路口的魔力,
感知它们难得的相遇。

如果尘世把你遗忘,
就对沉默的大地说:我逝。
就对疾驶的水流说:我是。

 附录一 《杜伊诺哀歌》解读

第一首

里尔克的女友露·安德烈亚斯·莎乐美说,《杜伊诺哀歌》是"因绝望和渴望而爆发的"。在这首诗中,上帝的位置被天使所取代,但这里的天使不再是以爱报答人的天使,他们并没有与祈祷者相通,而是有别于祈祷者;人所激发的迷醉没有得到友好的回应。全诗以一声"天问"式的哭喊开篇,表达了天使与人的巨大对立,以及人在宇宙中的孤独无助。诗人意识到,人的悲剧就在于他是个有限的存在物,无法完整地认识到宇宙生命的统一性。即便他以自己的哭喊试图让天使听见自己,但天使也根本不会为之所动。正因如此,《杜伊诺哀歌》是"真正的哀歌"。

本诗中的天使与基督教无关,更接近于伊斯兰教的天使形象,是一个"完整意识"的实体化,象征超越了一切限制和矛盾的宇宙生命统一体。它们不再是有生命的上帝的使者。它们虽然还具有本原的内涵和感受,但已经完全转化为宇宙类(das Welgthafte)。与人相比,它们拥有更大的存在空间,能够驾驭更完满的运动,具备穷尽高度、广度和深度的能力。因此,在天使们的心目中,无所谓生也无所谓死。"天使(据说)常常弄不懂,他们究竟是/在活人还是死人中走动。"真正的终极之美是生与死的统一,但这一点是渺小的人类所无法领悟的。对人来说,"美无非是/恐惧的开始,我们刚好能承受",所以他觉得"每一位天使都是恐惧的。"因为如果他真的被天使拥到胸前,他也会因无法承受这份非人间的爱而死去。所以,对于人来说,天使是极限的本质。

意识到这一点后,诗人不得不控制自己,"咽下模糊的/哽噎之诱唤",转到人类生存的世界本身。但他发现这个世界并不十分"可靠",因为人居住的世界是一个已被符号阐释过的世界。人所能见到和理解的只是他生活于其中的习惯了的具体事物(树、街道、忠诚等),却无法知悉宇宙生命之全貌。与人相比,倒是动物与宇宙生命体还保持着整体联系,"或许,鸟儿们/会以更真诚的飞翔感觉扩张的气流。"而人却不能,甚至恋爱中的人们也不能,虽然他们可能一度会迷醉于爱情中,但这种迷醉不会停留很久。从本质上说,相爱者也是孤独的,他们只是借爱恋来隐瞒各自的命运而已。

接着,诗人从外部世界转入内部世界,从天使与人的对立进入自己内心中诗性人格与尘世人格的对立。作为一位诗人,里尔克意识到他的使命应该是赞美宇宙中存在的一切("春天需要你",星辰召唤你,波涛"涌上前来",小提琴在对你倾诉……),但他怀疑自己是否能够胜任这个使命,因为作为一个凡人,他无法摆脱尘世的牵缠和欲望,总是"因期待而心烦意乱",极度渴望有个异性伴侣。在致女友莎乐美的一封信中,里尔克写道:"如果我告诉你,我在鲁昂的寂静的街道上,见到一个女人从我身旁走过,是那么激动不安,以致后来几乎什么也看不见,对什么事情也不能专心,你会相信吗?……"但与此同时,他又意识到自己不可能完全将心放在恋人身上,因为每当"伟大而陌生的思想,在你身旁/出出进进,通常会在晚上逗留"时,"你想把她藏身于何处"?这种矛盾的心理颇有点像卡夫卡,不过里尔克似乎比他更坚定一些,卡夫卡订婚、退婚、再订婚过好几次呢!

似乎是为了摆脱这种纠结,诗人在诗中对自己说"要是你有所渴望,那就歌唱恋人吧",因为迄今为止,还没有人像歌颂英雄那样歌颂过爱情,真正的爱者"她们的多情举世闻名,但远未达到不朽"。诗人对爱的看法是非常虔诚的。他认为,只有摆脱了被爱者的爱才是真爱。被遗弃者往往比满足者爱得更深。真正的爱者哪怕被自己的情人所抛弃,还会坚守自己的那份情感。从这个意义上说,这些爱者就像英雄。只不过英雄的英名有人颂扬,但爱者却无人歌唱,似乎大自然精疲力竭了,把爱者收回了自身。

从中世纪著名的爱者盖斯帕拉·斯坦帕的事例中,诗人认识到自己的使命,是歌颂这种伟大的爱的时候了,理想的爱是超越自身的——

> 让我们从恋人中获得自由,并战栗着承受:
> 就像箭承受弦,在绷紧中弹射
> 比它自己生存得更久。因为无处能停留。

以下从英雄、爱者转入第三种人：早逝者。从竖立的教堂和早逝者的碑文中，诗人似乎听到了死者的长叹，接收到死者从寂静中产生的、未被打断的信息，感觉到死者既在"别的什么地方，又在我们的心里"，死者似乎在吁请诗人对他们的命运做出解释。里尔克对生死一体性的感悟，似乎并不是空穴来风。1911年3至4月间，他曾游历威尼斯，在著名的圣玛丽亚·福莫萨的教堂里见到过一块石碑，碑文云——"我在世时为他人而活；死后我并未泯灭，而是在冰凉的石棺中为自己而活。我叫赫尔曼·威廉。弗兰德斯为我哀悼，亚德利亚为我叹息，贫穷把我呼唤。他死于1593年10月16日。"

这段碑文给里尔克留下了深刻印象，可以与诗人在致波兰语译者信中的一段话互相印证——"死是我们生命之被复原的、未经照明的另一面；我们必须达成我们生存之可能最伟大的意识，它精通这两个无限的领域，它从两者汲取无尽的养分……生命的真正形式扩展到两个领域全部，循环最大的血液流动在两个领域全部：既没有此岸也没有彼岸，只有一个伟大的统一、由天使们、那些超越我们的神灵安居于此。"

接下来的段落，诗人以接连三个"奇怪"开始，以死者的口吻叙述了死后的存在状态。死者摆脱了生者在尘世必须承担的义务（肉身的存在、对社会习俗的学习、对人间事物的命名、对世俗成就的追求、对欲望的执着等），进入了生命中没有被照亮的、生者无法体验的另一面，意识到"所有活人/犯的错误，就是界限分得太清"，即把生死视为两回事。在死者看来，这两者实际上是统一的。"永恒的潮流/通过两个区域，穿越了一切年龄，/不断盖倒它们在两者中发出的声音"。

  在诗人看来，早逝者揭示了生命中巨大的奥秘，"慢慢感觉到/一点点永恒"。死者不需要生者，但生者不能没有死者的陪伴。因为生者需要死者传达有关生命的奥秘，才能生活得更丰满更有意义。这样，古希腊神话中有关林诺神的传说的含义也就可以理解了。根据这个传说，音乐最初产生于阿波罗对他所钟爱的少年林诺之死的哀歌。因此，有关这个早逝的美少年的悲剧传递出了生命的奥秘，让我们理解了宇宙中迷惑我们、安慰我们、帮助我们的那种振荡。诗人认为，正是生死之间这种永无穷尽的转化与振荡，催生了俄耳甫斯的第一支乐曲，惊醒了被死亡惊吓得麻木的人们。

第二首

第一首哀歌从撕心裂肺的哭喊开始，通过对爱者、英雄和早逝者这三种人的沉思，领悟到了生/死的统一性。诗人的心态总的来说是从悲观转到乐观，消极转为肯定。第二首承接了第一首的沉思，对人生的无常和短暂展开沉思，但其基调逐渐趋向悲观和忧郁。

开头一句"每一位天使都是恐惧的"，再次强调了人与天使的对立，但这种对立并非自古就有。在《旧约》时代，人与天使之间还存在某种亲密的关系。《伪经》中托比阿斯遇见天使长拉斐尔，会让他给自己引路。但如今这种亲密关系已然崩解，现代人已经无法理解并承受天使的善意。

由人与天使关系的回顾，诗人转入对永恒与短暂的沉思。在诗人看来，天使之所以令人恐惧，就在于他使人时刻感觉到自己的有限性。人的渴望与冲动、创造与成就、情感的骚动与喜悦等，只不过是永恒的存在之光的短暂折射。"黎明的成就，你们这些造化的宠儿，/群山连绵，晨曦染红了/万物始创之屋脊，——神性绽放的花粉，/光的节点，走廊，台阶，王位，/生存的空间，幸福的盾牌，暴风雨般/骚动的狂热情感……"最终都将不复存在，回归其出发的本源。整个过程，就像明镜览物一般，它将自己流溢的美，重新汲回自己的脸庞。这种观点明显来自新柏拉图主义的流溢论。按照普罗提诺的说法，完整的存在是原初的太一，由这个最初的"一"流溢出世界的万事万物。这种流溢是一个每况愈下，越来越远离本源、越来越物质化的过程；同时又是一个逐渐摆脱物质，重新获得并分享太一的灵魂，返归本源的过程。

从这种生命的悲剧意识出发，诗人意识到，人的生命无非是一呼一吸的交替，在被感觉到的时候就已经蒸发了，犹如晨露下的小草、菜肴上的热气。我们的微笑、仰视的目光、温暖的心波等等，最后都将弥散在宇宙空间中，不会留下任何痕迹。天使们只会收回他们自己流失的本质，根本不会注意到人。即使他们有时偶尔也会收回一些我们的本质，也只是一时的疏忽，而非有意为之。

另一方面，由于人的短暂性和有限性，他也永远无法认清万物的本质。万物存在着，比人要永久。人不过是经过万物的一股气流。万物对人隐匿了自身，使人无法说出其意义。

> **万物达成默契，向我们隐匿，一半或许**
> **出于羞愧，另一半则像不可言说的希冀。**

这句比较费解，万物为何如此看待我们？按照瓜尔蒂尼的解释，万物之所以对人类缄默，是因为它们觉得人类对世界既重要，又可疑。这一点，集中反映在热恋中的男女的行为中。热恋中的情人"在彼此手中/变得丰富饱满，就像葡萄丰收之年"。但是诗人清醒地意识到——

> 你们对抚摸如此沉迷，因为爱抚在持续，
> 因为你们的温情覆盖过的地方并没有
> 消逝；因为你们在那下面感觉到了
> 纯粹的绵延。因此你们几乎从拥抱中
> 向自己承诺了永恒。

但是，在经历了初恋的战栗和缠绵之后，恋人们还会像以前那样，深深地迷醉于其中，嘴对着嘴，唇粘着唇，互相啜饮对方口中的甘露吗？诗人看到的是相反的行为，啜饮者逃离了行动。人类对待爱的这种态度，在万物看来，既是重要的，又是可疑的：当人们相爱的时候，万物获得了丰满的收成；当他们分离时，万物则归于沉寂。所以，在万物眼中，人类既是一种耻辱，又是一种希望。

与现代的恋人相比，诗人更加向往和赞许的是古希腊阿提卡石碑上雕刻的爱者的姿势，这些雕像的躯干积蓄着力量，而恋人们爱抚的姿势却是有节制的，手臂搭在肩上的动作是轻柔的，不是像我们那样沉醉的、粗野的。这块碑上人体雕像的审慎的姿势使诗人想到，我们不像古希腊人。他们能为自己的内在生命找到适当的外在象征，而我们却不能。我们的所欲超过了我们所能，"因为我们的心

始终在/超越我们，就像那些人"；而古希腊人则让超越自己的欲望进入了平静的画面，或者化入神的躯体（即雕像）。诗人认为，我们应该学习古人的那种审慎的节制，既不要求太多，也不给予太多。理想的状态是，在象征自由奔放的"河流"和象征审慎节制的"岩石"之间，真正找到"一小块属于我们自己的果园"。

第三首

　　第三首承接第二首的主题，继续歌颂爱者。诗人强调了爱者背后的神秘力量，即那种把生与死、此世与彼世统一为一个整体的伟大力量。恋爱中的青年男女是盲目的，他们不知道他们内心中隐藏有一个"欲望之主"，是后者驱动他们去寻求爱的对象，这个神秘的力量以罗马海神为象征，其标记是三叉戟和螺号。它"从那无法辨认的深处……高声呼唤黑夜无休止的骚动。"

　　所以，恋爱中的少女不要以为是自己的魅力震撼了对方，使对方倾慕自己。其实，恋人脸上丰富的爱的表情不是出于他自己，而是一种"更古老的震惊"在两人相遇的那一刻冲入了他体内。然后他接受了对方的爱，并开始了自己灵魂的新生。

　　接着，诗人由对性爱的沉思转到母爱的赞美。母爱无疑是伟大的，它开启了一个新生命，保护了弱小的儿童，抵御着陌生的世界，使他不为陌生可疑的事物所惊扰。母亲"把人性的空间与他的夜的空间糅合在一起"，孩子则将母亲轻盈的形象融化于睡前甜蜜的迷离之中。但母亲给孩子带去安全感，只是表面现象。其实，在孩子的内心中，有一种原始的力量在萌生，在发育，这是母亲所不知道的。

每个孩子心中都有一座原始森林，由历史积累的朽木和落叶形成了层层叠叠的覆盖物，孩子的心灵不过是在这些覆盖物之上生出来的新绿。他的爱也是如此，它是从自己的根部走出来，走进更古老的血液，走进峡谷，最后才进入母亲和恋人之中的。

这里提到，孩子进入峡谷中遇见了"恐怖之物"，这是一个少年所熟悉的群体，每个恐怖之物都认识少年，都在对他眨眼，仿佛早就知道他要来；而少年对它的态度呢，是既怕又爱，因为它的微笑比母亲还温柔，少年爱它在爱母亲之前。这个高度抽象的形象似乎有点费解，它究竟是什么东西？

联系诗人一贯的思想，可以认为，这些恐怖之物就是宇宙生命统一体的具体显现，是古往今来无数的死者和爱者的化身，在母亲怀孩子的时候，它已经融入托护胎儿的羊水中。所以，接着，诗人对想象中的少女和母亲说，当我们爱时

> 我们的爱，不像花儿那样，
> 只爱一个季节；我们爱的时候，
> 臂膀内升起远古的血液。呵，姑娘，
> 是这样：我们在内心爱的，不是一个人，一个未来者，
> 而是无数代人酝酿之物；不只是爱一个孩子，
> 而是世世代代的父亲，他们像崩塌的山体般
> 为我们体内铺了地基；而是世世代代的母亲

> 形成的干涸河床——：而是全然
>
> 无声的风景，笼罩在阴晴不定的
>
> 宿命下——：这一切，姑娘，都比你领先到达。

这里，诗人再次触及生命统一性和连续性的主题，逝者的生命通过新生儿在重新开始，逝去的爱通过新生的爱在延续，而沉浸在爱中的少女或将来的母亲无非是这个伟大的生命统一体的延续者和代理人。当她爱时，不知有多少逝者累积的丰富复杂的情感通过她汹涌而上，其中包括女人的妒忌、男人的仇恨、早夭者的替代欲望，等等，进入了少年的血脉。

正是出于这种对爱的无限延续性和生命的神秘性的认识，在诗的结尾，诗人要恋爱中的少女把他的恋人引到花园附近去，"给他以夜的优势"，即为他提供某种胜似白天的带有补偿性的"情侣之夜"，对年轻人的原始冲动和孩子的恐惧具有优势的夜。

第四首

　　承接上一首对爱的赞颂，本诗进入对生命本身的沉思，在与动物的比较中，言说人的局限性和弱点。候鸟能感知四季的变化，及时调整自己的栖息地。狮子只要庄严地活着，便不知何为赢弱。这两种动物只凭本能生存，无条件地接受了自然分配给它们的角色和宿命。而人的悲剧就在于他有理性，既不愿接受人生的无常，完全按照自然的法则来行动，又逃脱不了命运的巨掌，不得不听凭它的摆布。人能够同时意识到开花与枯萎，总是在计算得失、盈亏和损益中度日。因此，人就始终徘徊在行动与沉思、安命与抗命、敌意与允诺中。即便是相爱者也是如此。虽然他们相互允诺，确定谋生的方式和生活的家园（诗人在此用"狩猎"和"家园"这两个人类最古老、最基本的生存两极来象征），但他们虽然"经常跨越彼此的边界"，却无法进入对方的内心。

　　从人与动物的对比中，进而过渡到人与木偶的对比。人是一个填满一半的面具，每个人既在演戏，又在看戏。演戏前，他精心化装，轻巧地扮演自己的社会角色。演完戏，他又变成一个市民，从厨房回到自己的住宅。"厨房"在这里代表了满足口腹之欲的、更具本能性的存在场所，而"住宅"则是某种代表社会身份和地位的空间象征。所以，人的生命是不和谐的，他的人格是分裂的。从这个意义上讲，人还不如木偶。木偶全身填满了东西，它只是听命于人的摆布，既没有面具意识，也没有内外之别，因而也就没有人所特有的面具与人格、行动与沉思、安命与抗命之间的冲突。

接着，诗人回忆了自己的童年时代。一方面，他为自己故世的父亲感到内疚，因为父亲常常为他感到忧惧，并为他的一小片命运放弃了恬静。另一方面，他又感觉到，人的半面具性甚至在童年时代就已经出现。小孩迫不及待要快些长大，一半是为了奉承大人，即那些"除了大，别的一无所有"的人们，而不是自己真的要长大。每当孩子孤独时，他便以与玩具说话来自娱。之后，他才逐渐从玩具进入成人的世界，所以说，儿童"伫立/在世界与玩具之间的空隙"。

那么，谁让一个孩子显示他的本来面目呢？诗人在这里试图通过两幅画面来体现童年的本质。一幅是，儿童一只手中拿着尺，以星空为背景，丈量着他的世界与成人世界的距离，另一只手中拿着一只象征死亡的变硬了的灰色面包。另一幅是，儿童吃下一个苹果，而嘴里还含着苹果核。果核是生命的种子，但只有果肉被吃掉（或烂掉）之后，果核才能生长。这两幅画面，分别象征了成长和死亡。诗人想说的是，生命在开始之前，死亡就已经那么温柔地被包含在其中了；儿童在成长、认识和理解这个世界的同时，就已经在走向死亡了。但这不是恶，而是生命的奥秘，它是真真切切的，但又是无法描述的。

第五首

这一首是献给赫尔塔·柯尼希夫人的。1915 年 6 月,诗人在慕尼黑找不到合适的住所,便向这位夫人请求,能否在她和她的家人避暑于乡下期间,借住一下她城里的公寓。夫人答应了,于是他从 6 月住到了 10 月。公寓房间墙壁上挂着的毕加索的名画《江湖艺人》,激发了诗人的灵感,于是就有了这第五首哀歌。

本诗通过对江湖艺人的生存状态的沉思,探讨生命的奥秘和人生的意义。在诗人心目中,江湖艺人似乎是神手中的玩具,他们从早年起就被一个不知取悦何人而永不满足的愿望追赶着,摆布着,抛掷着,戏弄着。他们居无定所,食无定时,从一个城市流浪到另一个城市,靠卖艺谋生,他们的生命通常比正常人更短暂。为了赢得观众的掌声和笑声,这些杂耍艺人们不得不持续不停地在空中跳跃、翻滚、下降、上升。诗人将那块被艺人们的跳跃和踩踏而变薄的地毯形容为"遗弃在宇宙中的地毯",是贴在大地边缘的一块"膏药",表达了对人生的悲观看法。毕加索的画中,画了五个站立的江湖艺人,在诗人看来,他们站立的位置正好构成一个大写 D 的形状,代表了德语的"生存"(Dasein)一词的头字母。

接着，诗人以一朵盛开的玫瑰花的形象来描述江湖艺人的表演过程。杂耍艺人们被比作"捣杵"，他们处在中心，不断捣击着破烂的地毯，这个情景也很像花的"雌蕊"；而周围的观众来来往往，犹如围在花蕊边的花瓣。演出过程中激起的灰尘则犹如"花粉"。艺人以虚假的笑声和夸张的动作引发观众的掌声和笑声，演出方和观看方彼此都在相互欺骗。双方在虚假的笑声中共同孕育出果实。这种果实虽然表皮闪闪发光（灯光、化装、笑声、掌声等），而其内核却是虚假的、苦涩的，所以说，他们的表演结出的果实是"假果实"。诗人认为，对于无常而短暂的人生来说，这些由假笑构成的娱乐犹如开小花的药草，是医治人生痛苦的药物。诗人呼吁天使收获它、采撷它，造一个花瓶，将它放入骨灰瓮中珍藏起来。

尽管如此，诗人认为，江湖艺人的虚假表演虽然能博观众一笑，但它只是"拉莫夫人"（法语 Madame Lamort，即"死亡夫人"）为了装饰命运而制作出来的、廉价而无生命的东西。真正的笑，只有在完整统一的生命体中才能找到。诗人想象在生命的另一边，我们一无所知的处所，还有一个表演场所，那里艺术与生命、艺人与恋人高度统一。恋人—艺人展现了他们在此世无法做到的高难度动作，即心灵的飞翔；而那儿的观众，即那些无声无息的死者，则会把他们一直珍藏着的、我们所不知道的、永远通用的钱币丢在地毯上，以酬谢那些发出真正的微笑的艺人—恋人。诗人认为，这才是值得追求的最高艺术境界。

贯穿全诗的核心意象是两张地毯,开头是踩踏在尘世的地毯上江湖艺人的表演,结尾是想象中另一个世界的壁毯上江湖艺人的表演。前者是不自由的,作为谋生手段的表演;后者是自由的,作为自然与艺术、恋人与艺人高度统一的表演。二者高下,不言自明。

第六首

　　第六首以无花果为歌咏对象，展开对生命意义和存在价值的沉思。不像别的花，在结果之前先要以盛开的花朵夸耀自己，无花果未经开花就结果了，它及时做出了决定，放弃了开花的诱惑，将纯粹的秘密催入果实中，从而成就了自己，"跃入其甘美成就的幸福"。

　　与无花果相比，人总是犹豫不定，徘徊在生与死、永恒与短暂、创造与享乐的两极中，不能及时做出决定。由于开花能得到赞赏和荣耀，而结果却需要一个漫长的、沉默的酝酿过程。所以，一般人很难摆脱"开花的诱惑"，最终不得不"进入我们最终的果实被延误的内核"。只有少数人能够战胜开花的诱惑，专注于成就自己的生命。"少数人对行动的渴求是如此强烈地升起，／他们早已等待在内心的丰沛中燃起烈焰，"这些少数人就是英雄和那些注定夭亡的人们。为了成全他们，"园丁般的死神从相反的方向扭曲了脉管"，让他们及时做出决定，未经开花就已夭折，像无花果一样，完成自己的使命，进入了生命的另一面，浇灌了神的花园。所以说，死神是从事园艺的园丁。

　　接着，诗人以《圣经·旧约》中的大力士参孙为例，进一步阐释了英雄的主题。在诗人看来，参孙在母体内就已经是英雄。他一生共做了三次选择，第一次是选择受孕。成千上万的精子曾在子宫里酝酿，希望成为他，但他掌握并舍弃，选择并称雄。第二次是选择出生，即从母亲的肉体中迸出来，进入更狭窄的世界。第三次是选择死亡。他被敌人俘获并遭羞辱后，用自己的身体撞毁圆柱，与敌人同归于尽，最后成全了自己。

全诗最后，由英雄主题再次返回到生命一体化的主题。诗人认为，众英雄的母亲们就是奔腾不息的生命长河的源头。生命在她们的子宫里孕育、成长、出生、死亡并再生。而少女们就是未来的母亲。在生命的长河中，她们一次又一次地将英雄托举起来，让他出人头地；而英雄则会穿越爱的羁留地，进入生命的大循环，不断出生、死亡和再生，站在微笑的终点，生命的另一头，转过身来，面目一新。

第七首

前六首一再强调生命与死亡不是对立的，而是统一的，死不过是生的未被照亮的另一面。比常人相比，无论是英雄、爱者和早逝者似乎都更接近宇宙生命的统一体。这一首的基调明显有了变化，开始赞美此世生命本身的价值和意义。只不过，通过对生死两方面的沉思，诗人现在对许多问题有了更深的认识。

随着年龄的增长，诗人现在清醒地意识到，不能单纯地将求爱作为诗歌的本性，而应将爱的领域扩展得更广、更深。爱的对象不应仅仅是自己的女友，而应是整个宇宙空间中的事物，包括变换的季节引发的大地上的景色、宇宙星空中扩张着的力量……

> 不只是所有夏日的清晨，不只是
> 它们在白昼的变化和开始前的闪烁。
> 不只是白昼，在鲜花的簇拥下，显得柔和，
> 在周围乔木的映衬下，强壮而有力。
> 不只是这些展开的力量之虔诚，
> 不只是道路，不只是黄昏的草地，
> 不只是，傍晚的雷雨过后，呼吸到的清新，

> 不只是随黄昏而来的，睡意和预感……
> 而是夜晚！而是那高旷的、夏天的
> 夜晚，而是星星，大地上的星星。
> ……

在第一首中，诗人曾经限制自己"被召来的呼唤"，因为他觉得人类太渺小了，生命太短暂了，天使不会对此做出应答。但此刻，在穿透了宇宙的奥秘、超越了生死之后，诗人觉得，尘世的生命也有其价值，"孩子们哪，你们/在此抓住的每一事物就抵得上无数。"重新回到现实世界的诗人，看到了以前看不到的许多东西，得出了乐观的结论："生活在此地美妙无比。"即使少女们在堕落，在城市最邪恶的街巷里溃烂着，或者被遗弃，但她也曾拥有过存在。因为"因为属于每个人的一小时，或许不是/完整的一小时，而是一个无法用时间尺度/来衡量的两个片刻的间隙——那就是你们能/把握的存在"。

从对尘世生命价值的肯定和赞颂，诗歌转入对人类创造的文化遗存物的赞美，诗人一一列举了圆柱，塔门，狮身人面兽，耸然而立的大教堂、尖塔，倾圮城市或外国城市的灰色尖塔等。进而，诗人大胆地向天使发出了邀请，请他前来观看并赞美人类在尘世创造的奇迹：

> 这难道不是昔日的奇迹？赞叹吧，天使，我们就是这一切，
> 至伟者呵，请你讲述，我们有如此的创造力，我的呼吸

尚不足以赞美这一切。因此我们拥有的
不是这些失落的空间，这些赐予的，这些
属于我们的空间。（它们必定大得令人害怕，
因为历经千年我们的情感也不曾将其填满。）

在诗人看来，人类创造的奇迹就是那些可见或不可见的文化遗存物，它们是人类自我拯救的物质表征。人类得救的希望就在于将那些曾经被祈祷、被侍奉、被跪拜过的圣物一直保持下去，传承下去，即使它们已化为不可见之物，每个人还可以在内心中用圆柱和雕像建筑起宏伟的殿堂。

那儿！在你的注视中
它终于获得拯救，最后笔直地站立。

但诗人的感情是矛盾的。作为一个诗人，他痛苦地意识到，自己属于世界转折期间那些注定要被剥夺继承权的人们，"他们既不属于过去，也不拥有未来"。他一方面对人类的以往做出了积极的评价，对其未来做出了乐观的预言，但另一方面又觉得自己的追求和呼喊是无力的。"天使，即使我追求你！你也不会来！"他的呼喊就像"一只伸开的臂膀"，虽然手掌一直张开在天使面前，然而其手势既像抗拒，又像警告，是高高在上的天使所不能理解的。这里，诗人再次返回到哀歌的悲悼主题：人与天使之间存在着巨大差距，两者永远无法沟通。

第八首

　　本首的关键词是"空旷"(也有的译本译为"敞开",来自于希腊语 alethia,意为"真理")。在里尔克看来,"空旷生活"的标志是:充实、满足感、瞬间的逗留、瞬间的永恒化、时间的停留、对绝对存在的感觉。在本诗中,对空旷的解释主要是通过人与动物的比较凸现出来的。

　　动物睁大眼睛注视着空旷。在动物的视野中,没有主体与客体、存在与意识的区分;没有时间,没有空间,没有过去和未来,没有目的,没有限制,没有隔离,也没有作为生命的对立面的死亡意识。总之,动物的生活完全处在与自然和谐的统一体中,所以它不会产生人所特有的焦虑、犹豫、烦恼和痛苦。

　　与动物相比,人从幼儿时代就接受了教育,被迫"向后凝视",这里的"后"不仅仅是指空间上的方位,更是指时间上的连续意识(过去、现在与未来)。而正是这种时空观念,形成了人的存在意识、主客观念。于是,在动物眼中显得如此深邃的空旷,在人的视野中变得狭窄了。所以,诗人感叹:

　　　　我们从未拥有,一天也不曾拥有,

> 我们面前的纯粹空间，花儿在其中
> 无尽地开放。永远存在的是世界
> 从未存在过没有"不"的乌有乡：
> ……

这里说到的乌有之乡，就是人类追求的乌托邦，敞开的真理的世界，那里的人们所呼吸的是那纯净的、未经监视的气氛。但这个世界距离人类是如此遥远，只有在两种情况下，才可能重新获得它。这就是童年与死亡。童年时代，人会像动物一样迷失于这种气氛中，之后被成人世界所惊醒。人在死亡时，也会重新体验到这种空旷的存在状态，用"巨大的动物之眼"向外凝视。有时候，热恋中的情人也会接受这种状态，并为之感到惊讶，但最终还是会被现实世界拉回来。于是，这样一来，我们"只看到它上方被我们弄得模糊不清的/自由的镜像"，而看不到敞开的真理。这就是人的宿命——永远与世界面对面，而不能融入其中。

与人相比，动物的存在对于它来说是"无穷无尽，无法理解，没有目光/关注它的状态、纯粹，犹如它的眺望"。据专家研究，里尔克的这些说法具有充分的现实性，是非常清醒地观察自然的结果，并不是玄思妙想的产物。如果我们毫无成见地盯着任何动物（无论是一只狗、一只猫或一头狼）的眼睛，我们就会发现，它们的目光不会长时间地停留在我们身上，而是会望过了我们，望穿了我们，望进了深不可测的距离，望进了空旷，望进了纯空间。在诗人看来，这种目光或眺望正是动物生存的表现，它与人对具体物的凝视有着天壤之别。

不过，诗人发现，哺乳动物也有它的限制。像人一样，它们必须从子宫出生，子宫是它们的第一故乡。但它必须离开子宫，从第一故乡降生到第二故乡，即地面。地面这个第二故乡对它来说，显得不伦不类而又飘浮不定。因为脱离子宫后，它就必须为自己的生存而挣扎而奋斗。只有那些以整个世界为子宫的小生物（如蚊子、小虫、蚂蚁等）才是真正幸福的，因为它们从出生到死亡都始终生活在子宫中，不存在第一故乡与第二故乡之别。所以，它们甚至在婚礼上也仍然在体内（子宫内）跳跃不停。与哺乳动物和昆虫相比，作为卵生动物的鸟雀只有一半的安全，它出生后必须离开那个死去的卵而独立生存。诗人从古代埃特鲁里亚人的墓葬壁画中得到启发，把鸟儿比作人的灵魂，离开死去的肉体而飞翔。地位最尴尬的是蝙蝠。它是胎生动物，从子宫诞生的，却又必须离开子宫飞翔。在诗人眼中，它出生后就惊恐不安，"仿佛/恐惧本身，穿过大气，像一道裂缝，／穿过茶杯。"或许，诗人在以蝙蝠的命运暗示人类。人存在的悲剧就在于，他来自自然但又无法回归自然，两者之间始终有一道裂缝。所以他不得不一面生活着，一面不断与生活告别。

第九首

第九首哀歌，初稿写于 1912 年 3 月杜伊诺城堡。之后，第一次世界大战爆发。杜伊诺城堡被毁，诗人辗转流浪到瑞士，寻找一处僻静的处所，在玛丽·冯·图恩与塔克西斯-霍恩洛厄侯爵夫人的帮助下，终于在穆佐城堡安顿下来，两年后的 1922 年 2 月 9 日，终于完成了全诗。至此，第九首哀歌的写作前后已持续了整整十年。

诗人为何如此执着地写哀歌，为何要在十年后重新捡起旧稿将其完成？十年间诗人的思想和诗艺有了多大的发展和提升？且让我们先回顾一下第八首的主题。

第八首哀歌对人生发出了悲叹。与动物相比，人永远无法达成与世界的和谐，进入敞开的真理。那么，人生的意义究竟何在？第九首对此展开了进一步的探讨。

从月桂这个丰富的象征性意象入手，里尔克向自己也向整个人类提出了两个互相关联的问题。首先，为什么一定要有人性——做一棵树不是很幸福吗？像那个拒绝阿波罗追逐的美少女达芙妮那样，变形为没有知觉的月桂树，不是也很好吗？但诗人观察到，月桂树不同于别的树，它的叶子的颜色比周围一切绿色要更深暗一些，而且每片叶子的边缘还有小小波浪（有如一阵风的笑涡）。可见，树与树之间也是有差别,甚至是暗暗在竞争的。

更进一层的问题是,"既躲避命运,又渴求命运?"其实,达芙妮是喜欢阿波罗的,可是在即将被追到的最后关头,她拒绝了他的追求,向父亲发出了求救,使自己变形为月桂树。从这个故事的寓意看,达芙妮无疑是人的生存处境的象征——既躲避命运,又渴望命运。由此,诗篇进入对人生命运与意义的更深层的探索。

一般认为,人生此世的目标就在于追求幸福。但诗人则认为,人生不是因为存在着幸福而值得追求——

> 而是因为此生如此丰富,因为此地的一切
> 似乎都需要我们,这些转瞬即逝者,它们
> 与我们有着奇特的关系。我们,最易消逝者。

因此,无论是幸福还是痛苦,是烦恼还是焦虑,人都应该承受。这是人无法躲避的命运。

> 一次,只有一次。一次而没有更多。而我们也只有
> 一次。决无再次。但是
> 对这曾经有过的一次,即使只有一次:
> 对于曾经有过的尘世,似乎不能废弃。

那么,如何把握这仅仅一次的机会呢?试图抓住事物、永远保持自己所有的一切吗?显然这是徒劳的,人生最后

什么都不能带走。学会观察，体验爱、痛苦和种种不可言说的经验吗？这也是徒劳的。因为随着人的死去，这一切也将灰飞烟灭。那么人该如何救赎和自救，将这唯一的一次来尘世的机会转化为永恒呢？至此，诗篇进入了问题的核心。

> 或许我们在此，就是为了言说：房屋、
> 桥、水井、大门、陶罐、果树、窗户——
> 至多还有：圆柱、钟楼……但要明白，是为了言说，
> 呵，为了如此言说，仿佛事物自身不曾
> 真心希望存在。

只有言说，只有诗篇，才能保持大地上的一切，并使之永恒。诗人认为，这就是"缄默的大地的隐秘的诡计"，就像它使青年男女相爱，是为了让生命力在大地上延续一样，大地需要诗人的言说，是因为"此地是可言说的时间，此地是它的家园。"至此，里尔克意识到了自己作为诗人的使命，即通过言说，将人类创造的事物传达出来，使之延续到后世。诗人觉得，向天使颂扬世界，这是他做不到的，因为他感到在宇宙中自己"只是个新手"。他能做的就是向"他"，那个不可言说者，言说大地上人类创造的简单事物，言说它们是如何一代又一代创造出来，"近在我们的手头和眼中"的。就像诗人想象自己站在那些罗马的制绳工人和尼罗河畔的陶工身旁，看到他们制作的器具惊诧

不已一样。在诗人眼中，那些古代遗留下来的文化遗存物似乎有灵性，这些"事物懂得，你在赞美它们；它们暂时/将一件赎回的短暂之物，托付给我们。/我们愿意，我们应该在不可见的心灵中让它整个融入/——呵永远——融入我们！无论我们最终是谁。"

至此，诗人与大地达成了和解。大地希求他把大地的梦变形为词语，而诗人则完全接受了这个命运，"不可名状地听命于你"，而且觉得自己的生命由此而得以丰满：

> 看哪，我活着。靠什么？无论童年或未来
> 均未有些许改变……无限的存在
> 源于我的内心。

第十首

此为本组哀歌中的最后一首,讨论的是死后之生或死中之生,与第一首哀歌遥相呼应。诗人想象自己已经到了生命的尽头,穿越世俗的浮华市场,到了生命的另一头。作为一个新死的生命(此话有语病,但却符合里尔克生死一体的思想),他得接受一场严峻的拷问。

与正统基督教不同的是,死后的世界没有地狱,也没有天堂,接待他的只有两位哀怨的女士,年轻的和年老的。年轻的哀怨引诱他离开繁华世界,进入哀怨之地。年老的哀怨则犹如但丁的维吉尔,带领他遍历哀怨王国,看人类历史上的哀怨,告诉他人类生命的本质,就是苦难和哀怨。而正是这种哀怨创造了人类的历史和艺术。这一段描述中出现了尼罗河、斯芬克司、猫头鹰等意象,显然与里尔克的埃及之行有关。而埃及则又是里尔克"转化"思想的典型例证。埃及人将死后世界想象成与生前一样,而诗人则认为两者有别。前者存在于现实的物理世界中,后者存在于心理的想象空间。但两者之间不是不可通约的,而是可以互相转化的。在诗人看来,死后世界是由大写的"M"构成的,

  在南方的天空……

>一双赐福的手中,那是晶莹璀璨的"M",
>它表示母亲……

但光是这样还不行,死者必须不断前行,直到生命之河的源头,翻越苦难之山,才有可能像雨水那样,在春季落上黑暗的大地,完成一个回归。这种思想既对应于《启示录》中的神示,又与尼采关于永恒轮回的思想不谋而合。

 附录二 《献给俄耳甫斯的十四行诗》解读

第一部

1

　　此为全诗开篇,描述了俄耳甫斯歌声的魅力。1922 年 2 月的一天,里尔克漫步瓦莱街头,在橱窗里看到威尼斯画家齐玛·达·柯奈利亚诺画的一幅素描,画面中俄耳甫斯在吹笛,周围簇拥着的动物在专注地倾听。诗人灵感由此触发,写下了本诗。据希腊神话,俄耳甫斯是宙斯之子,他拨弄弦琴,一路放歌,使顽石移步,鸟雀低飞,野兽匍匐。为何他有如此神力?只因他的歌声为黑暗的兽性提供了一个出口,使其具有了倾听的能力。诗人将听觉形象转化为视觉形象,先将歌声形容为一棵大树,之后又将其形容为一座神庙。如此,这些动物就在俄耳甫斯的歌声的感召下,完成了从兽性到人性的转变。

　　诗中提到的这棵大树并非完全虚构,而是实有之物。诗人在《穆佐书简》中提到,他租居的穆佐城堡对面有一棵漂亮的白杨树,挺拔壮丽,在右前方标明了城堡的界限。(1921 年 8 月 17 日致诺娜·普彻尔—维登布鲁克的信)然而不幸的是,两年后的某一天,这棵美丽的老白杨树被农夫砍掉了。原因很简单,他们发现由于大树立在草地边上,树根把水分都吸收光了，使草地变得贫瘠。诗人在1924年11月17日致妻子克拉拉·里尔克的信中，痛心地说："没有树了，你可以想象，风景也随之改观，这道粗实的垂直线一直将这片田园朝上引，赋予它高度和本原。"显然，在里尔克心目中，这棵树已经成为形而上的精神追求的一种象征。而农夫们，则为了生活而牺牲了诗意。

　　本诗在音韵上的特点之一是充分利用了德语同一词干的细微变化，造成语义和音响上的关联和对位效果，如第一节"升起"（stieg）与"上升"（Übersteigung），"沉默"（schwieg）与"缄默"（Verschweigung）等。可惜这些效果在中译文中很难表现出来，只能差强人意地用汉语同义词模拟一下。

2

　　此首承接上一首，继续描述俄耳甫斯歌声的魅力。歌声本身的形象和歌声唤出的形象两者合为一体，化为一个充满青春活力的少女。时断时续的歌声，犹如时睡时醒的少女，徘徊在阴阳两界生死之间。诗中的少女既指里尔克的女友薇拉，又指俄耳甫斯亡故的妻子欧律狄刻。薇拉十七岁时患不治之症，于是放弃学舞蹈，改学音乐，后又因病改学绘画。在诗人笔下，薇拉的形象不是虚无缥缈的，而是实实在在的。里尔克在1921年11月26日致薇拉母亲克诺普夫人的信中说："每当我与您谈话，[薇拉]就在身边,不仅像往常一样面对言语,而且还在言语里面和后面。"薇拉临死前还在询问里尔克是否到来。诗人因此认为她已进入自己的生命,自己得为她写诗。这与歌神俄耳甫斯与其妻子的情况构成了奇妙的对应。俄耳甫斯一路歌唱着进入冥界,试图用他的歌声唤醒亡妻,把她从阴间召回阳间。他的歌声穿越了此世与来世、存在与非存在的边界。里尔克通过写作本诗也试图达到同样的目的。在另一封给克诺普夫人的信中,里尔克写道:"现在我正写到薇拉,对我而言,她那种神秘的、奇异糅合的妩媚简直难以忘怀,而且闻所未闻地可以召至眼前,以至于在写这些诗的时候,我害怕闭上眼睛,以免感觉到她的娇容一下子,在我此时此地的存在中,完全将我超越。"全诗首句和尾句都用"几乎还是个少女",互相呼应,突出了死者青春永驻、歌者音乐常新的主题。

3

借助俄耳甫斯这位古老的歌神、诗人的原型,里尔克说出了诗的真理。诗人,首先要有坚定的信仰,为心确立一个方向。古希腊人常在岔路口建有供奉阿波罗的神庙,供迷途者占卜方向之用。里尔克认为,真正的诗人也应该在内心中建立一座神庙,学会倾听来自神的声音,把自己的创作视为生命和呼吸,才能发出自己的声音,并将它与神的呼吸、与弥散在宇宙中的太虚之气完全合为一体,最终进入浑然忘我的真理之境。

4

　　承接上一首思路，诗人继续探讨诗歌与存在的关系。生命是个成长的过程。在此过程中免不了有痛苦，有负担，必须承受。幸福与苦难、泪水与笑脸，犹如箭与弓、箭与靶的关系，是生存这个大题中的应有之义。因此，不必为此担忧、焦虑。这个世界并非专为你存在，就像弥散在空间中的大气并不在乎你是否在呼吸一样。诗人为何把幸福者和神圣者相提并论？德语中，"完整""痊愈""幸福"和"神圣"均为 Heile，在诗人看来，幸福者就是战胜了生活中的磨难，承受了生命中无法承受之重，最终把沉重的肉身归还给大地的人，他治愈了心灵的创痛，复归了灵魂的完整，并使其飞升到神圣的灵境。

5

　　俄耳甫斯是永恒的歌神。他之所以永恒，不是由于他肉身不死，而是由于他年复一年地重现，变形为千姿百态。他存在于尘世的时间非常短，占有的空间也非常有限，但借助他的歌唱，他来去自如，死而复生，在阴阳两界之间传递着神的信息，超越了生与死、此在与存在的界限。诗人通过对他的赞颂，也道出了自己的精神追求和灵魂渴望。

6

俄耳甫斯的歌声之所以具有永久的魅力,因为他穿越了生死两界。诗人这里用柳树和柳根作比,道出了这位歌神的奥秘。柳树的根深深地埋入地下的幽冥界,而柳条则在阳间向着春天伸展它的肢体。俄耳甫斯的七弦琴用柳树制作,所以他能穿行于生死之间,将亡灵召唤到跟前。诗中出现的两组事物,形成人间与冥界的对比。面包和牛奶代表人间俗世最基本的生活必需品,而戒指、手镯和水罐则象征了永恒的记忆,人类对重生的向往和憧憬。这些物品往往作为陪葬品,放在坟墓中供死者享用。俄耳甫斯以他的魔法将这两种物品混在一起,并对其展开赞美,体现了他作为穿行于两界之间的歌神的"宽广的天性"。

7

这一首和上一首描写的都是考古学家发掘古代墓葬的场面。王公贵戚已经化为尘泥,在死者的遗物中,有一些银制的器皿用来装水果等供品,寄托了古人对死后世界的想像。诗人由此联想到俄耳甫斯的使命,作为穿行于两界之间的使者和歌手,他的职责就是赞美,既赞美生,也赞美死,因为这两者原本为一体。从他口中涌流的赞歌,犹如源源不断的葡萄酒,既给尘世中的人们带来欢乐和幸福,也给冥界的亡灵带去生者的记忆、爱戴和崇敬。

8

俄耳甫斯的歌声不仅赞美幸福和满足,也赞美悲哀和痛苦,因为它们都是生命的组成部分。悲哀使生命早熟,使天性更加敏感,使人萌生兄妹之情。对悲哀的感受、敬畏和崇拜,产生了人类最初的宗教感情。被人格化和女性化的悲哀,穿行于人世间,弥漫于太空中,既是诗人灵感的源泉,也是支撑人类信仰的基石。

9

由死的悲哀转到对生命本质的思考。俄耳甫斯的歌声之所以如此动听,因为他穿越了生死之门,从人间进入冥界,又返回阳间,所以他能从模糊的倒影中认出生命的原型,进而将死亡的本质告知活着的人们,使他们警醒,思考如何圆满地度过此生。

10

本诗中,诗人描述了两桩事实,从中看出了生死转化、生命一体的表征。中世纪意大利的农民把罗马时代遗留下来的石棺两头凿空,改作水渠,于是生命的活水就从往昔的死者曾居留过的地方潺潺流过。第二节据诗人自注，是写法国阿尔勒地方著名的阿里康古墓的发掘情况，诗人亲见有蝴蝶从墓中飞出。虽然石棺和古墓都不会说话，但潺潺不断的流水和翩翩飞翔的蝴蝶，就是死者从另一世界传递给此世的信息。宇宙生命的本体，犹如《心经》所说，"不生不灭，不垢不净，不增不减……"只有读懂这些信息，我们才能知悉生死转化的奥秘，从而更好地度过此生。

11

承接上一首思路，本诗从地下王国转向宇宙太空。大地和星星同为浩瀚的存在，星座与星座间连为一体。但由于人的存在，地球与星星分离了，各自走自己的路。桌子和牧场是人为性的代表，它们不是自然的，而是制作或改造过的。诗人相信，借助信仰两者能够重合为一。尽管星星间的联系是人制造出来的一种话语系统，但生活在俗世的人类只有仰望星空，才能圆满地生存，享受信仰的快乐。

12

这首诗中出现了时间主题。诗人对比了两种时间观。一是以人制造的钟表计算的俗世时间，二是以永恒为单位的宇宙时间，后者才是本真的。但人类对此不加区分，往往出于实用目的采取行动，在俗世周旋，犹如蚂蚁用触须来互相感知，传递信息，根本不知道自己在世界上所处的真实位置。值得注意的是，德语中"触须"（Antennen）一词也指"天线"，因此，全诗的意义就具有了双关性，它既是对人类原始交流的描述，也是对刚出现的无线电通信技术的评说。1893 年，克罗地亚物理学家和机械工程师尼古拉·特斯拉（Nikola Tesla）在美国密苏里州圣路易斯首次公开展示了无线电技术，宣告了人类在通讯领域伟大革命的开始。但在里尔克看来，人类如果没有心灵之间的沟通，没有对自然的敬畏，单凭技术上的革新和进步，是无法解决生存的基本问题的。像农夫种地那样耐心，不干预自然，而是任其自然生成，接受来自大地的赠予，才是最终解决之道。

13

本诗通过观察孩子吃水果的细节，思考死与生、词语与事物的关系。进入孩子口中的水果说出了死与生的奥秘。它们本来是活的，被吃后死了，但经消化后还会转化为生。而水果本来就是大地的馈赠，是死与生转化的结果。孩子在吃苹果，这种滋味不可言说，超越了词语，犹如水果中的滋味脱离果肉获得了解放。词语不过是事物的外皮和外壳，滋味才是核心。用现代语言学术语说，能指（符号）和所指（概念）都是人为的抽象，只有它们背后所代表的那个参照物才是本真的存在。实体事物如此，而感觉和滋味之类则更不可言说，因此，重要的是体验、感知和愉悦。在孩子的口中，这一切都达到极致。这一首与第二部第 6 首形成内在联系。

14

这一首继续思考上一首的生死主题，又向前推进了一步。诗人借助植物（花朵、果实、葡萄叶）与人之间的转化，强调了生死的一体化、生命的连续性。在诗人看来，人活在尘世其实一直在与植物打交道。人死后尸体腐烂转化为花果的芳香，黑暗的泥土中缤纷的色彩似乎是死者出于对活人的嫉妒而有意的作为。死者在地下为活人团弄果实，犹如奴隶在为主人干活，制作产品。但换个角度看，或许死者才是真正的主人，它们出于爱，把自己多余的物品馈赠给活着的人们。诗人认为：水果是大地沉默的力量与人间无穷的爱之间互相转化的产物。

15

本首继续水果主题。这次突出了它的滋味。在诗人看来，水果中的滋味是逃逸出来的，它其实不愿意让自己变甜，只是为了取悦同是成长中的温情的少女，才让它流溢出来，变得美味可口，让少女们品尝。水果芬芳的气息和甜蜜的滋味，与少女的温情、娴静形成亲缘关系，所以，诗人一再吁请少女们翩翩起舞，与甜蜜的柑橘一起，尽情表达生命的充盈和丰满。

16

里尔克在给妻子克拉拉的信中说，或许读者应该知道，这首诗是写给一条狗的。由狗这个人类的朋友，诗人进入对语言与事物、符号与现实关系的思考。狗凭什么认出自己的主人？凭借的是气味。气味是词语和手势之类符号所无法指认的。人来到这个世界，发明了语言来把握这个世界，渐渐使世界成为人的所有物。人误以为凭借语言就可以掌握现实。但这是一种错觉。语言是世界最软弱、最危险的部分。说它软弱，是因为它终究无法把握或取代事物本身。说它危险，是因为人们有可能把词语与事物混为一谈，从而失去对本真的存在的感知。本真的存在是个整体，人用语言认识的只不过是这整体中的部分和片断。全诗最后用了《圣经·旧约》中的典故。以扫是以撒和利百加所生的长子，出生时"身体发红，浑身有毛，如同皮衣"。后来为了一碗红豆汤，出卖了自己的长子名分。诗人借用这个典故形容人与狗共同的命运，狗为了得到骨头，人为了得到财产，而割断了与整体存在的联系，所以他们都感到了孤独。

17

在这一首中，诗人讲到了自己的贵族出身。古老的家族，犹如盘根错节的老树，根基深厚，无从探究源头。诗人仿佛听到了猎人的号角，眼前浮现出银发的祖先们的音容笑貌和爱恨情仇。老树的每一根枝丫都在奋力向上，而诗人所属的这一"枝"，则弯曲成琴，暗示了诗人目前的身份。诗人为何如此在乎自己的贵族出身？既不是为了炫耀，也不是为了怀旧，而是出于更深刻的原因。在1923年3月30日致封·施勒策先生的信中，里尔克感谢了这位哲学博士寄赠的一部回忆祖母的书稿，并回赠以一部自注的《献给俄耳甫斯的十四行诗》。在传统与源头的问题上，两人可谓惺惺相惜。里尔克在信中阐明了自己写作十四行诗的动机，坦陈在这个传统越来越受到现实束缚、被人遗忘的时代，"我的癖好——就是建立同最伟大最强悍的发源之物的那种联系。"而追根溯源，认宗归祖，强调血统，"凭各自的天分聪明或盲目地延续传统，恐怕正是我们（现已注定献身于过渡时期）最关键的使命。"而这部诗稿正是他为完成这项使命做出的"一份自己的、比较切实的贡献"。

18

里尔克一直关注着机械工业时代的前景和人类的命运。

在他看来，机械已经成为人类自己创造的、独立于人类并压迫人类的异化力量。问题是，许多人看不到这一点，反而竭力鼓吹机械会给人类带来新的福祉。诗人的头脑是清醒并明智的。他认识到机械会使人类变成它的奴隶和部件，从而变得愚钝和丑陋。解铃还须系铃人。解决机械和人的异化问题，关键在于人类自己如何克服狂热的激情，驱使机械为人类造福。本诗开头的"主人"似有多重含义，既指不可捉摸的上帝，也指发明和制造机械的人类。

19

面对一个变动不居的世界，人类如何把握自己，不至迷失方向？里尔克坚信，只有遵循神的正道才能做到。而俄耳甫斯就是这样的一位歌神，他的歌从古代一直吟唱到现代，触及的是宇宙和人类永恒的主题。而生活在俗世的人们，往往是在尚未充分认识并体验苦难和爱情的时候，就遗憾地离开了人世。如何圆满地度过此生，最终融入宇宙这个"古老的家园"？这是诗人给自己，也给人类提出的一个严肃问题。

20

诗人在 1922 年 2 月 11 日给女友露·安德烈亚斯·莎乐美的信中，提到了这匹小白马。

"你知道的,那匹自由的幸福的白马,脚上还套着木桩,有一次,傍晚时分,在伏尔加河畔的草原,迎着我们飞奔而来……","跨越如此漫长的岁月,怀着完满的幸福,它驰入我豁然敞开的感觉之中。"从这匹被绑的小马身上,诗人听到了它对自由的呼唤,从中发现了神赋予其所创造的一切有生之物的天性,而人类加之于其他生物的枷锁是违背神的意志的。因此,他描述了这幅图像,当作献给俄耳甫斯的一个"祭品"。

21

这是一首迎春小曲,据诗人自注:他曾经在西班牙南部龙达的一个小修道院里听见道童们做早祷时唱着一支奇怪的舞曲,孩子们边唱边按舞蹈节拍敲着三角铁和铃鼓,他听不懂他们唱的歌词。本诗便是给这支舞曲所作的"注释"。全诗让大地、孩子与诗歌三者融为一体,在声音与色彩间建立起联系,表达了对春回大地的欣喜之情。

22

本诗对现代性的速度提出了反思,对热衷于现代科技实验的人们提出了忠告。现代性的推动者是人类,但相对于浩瀚的存在整体,它微不足道,只是历史的匆匆过客。万物的生长自有其规律和节奏。变化与持续、光明与黑暗、花朵与书本等都是时间的结晶。这与诗人在《致青年工人书信》中所说的完全一致:"这当然属于悠久而缓慢的过程,它与我们时代惊人的突飞猛进完全相矛盾。但是,除了最快速的运动,永远还有缓慢的运动,它极其缓慢,我们简直经验不到它的过程。"(绿原译)

23

这一首承接上一首思路,继续反思现代化速度、力量与方向之间的关系。诗人并不完全否定科技进步的力量。但他认为,当时的科技力量尚未成熟,就想展翅高飞,攫取物质利益,犹如一个狂妄的少年,只想在竞争中获奖取胜。只有摆脱功利主义和物质主义的控制,认清自己的目标和方向,纯粹为了求知而向上飞升,才能超越狭隘的意愿,与自然宇宙之力合为一体。

24

对现代工业迅猛发展带来的异化的反思,在本诗表现得淋漓尽致。诗人指出,钢铁时代的人已经忘记了人间的友谊,只会按照坚硬的钢铁法则,即功利原则行事。第二节"强有力的朋友"与第一节中"古老的"的友谊形成对比。在现代性主导下,冷酷无情的钢铁"车轮"滚滚向前,不断把我们身边和周围的人拉走,却不会引起我们的注意和同情。孤独的个体彼此依赖,却又互不相识。机械的力量不断膨胀,而人却感到越来越无力,犹如泅水者漂浮在水中,无法自主。

25

这一首主题可联系第二部第 28 首。诗人自注:献给薇拉。全诗写的是她优美的舞姿,但疾病突然打断了她的舞蹈。于是,流动的生命永恒地凝固,化为一尊青铜雕像。诗中有惋惜,有悲悼,有沉思,但并没有悲观和绝望。因为在诗人看来,死亡不过是生命形式的转换,他的女友已从生命的这一头跨入了另一头。

26

这一首的主题承接上一首,再次表达了对生命一体化的信念;同时又与组诗第一首形成对应,点出俄耳甫斯的典故。第一首讲的是俄耳甫斯歌声的魅力,这一首讲的则是他的歌声的来源。俄耳甫斯的肉体虽然被酒神的女信徒撕裂,但他的灵魂却获得了永生。他将暴力转化为赞美,将短暂的尘世之歌转化为宇宙空间中无处不在、无时不在的天籁之声。

第二部

1

宇宙空间中大气在不断交流着,诗人的呼吸来自大气,又回归大气。体内的空间不断腾空,又不断被来自太空的新的空气所填满。在存在者与存在的互动平衡中,诗人发出了他的歌声和韵律。所以诗人说,空气是包裹他的词语的树皮、弧形和叶子。注意此处又出现了树的意象,与第一部第一首中的树意象遥相呼应。但第一部第一首中的树意象,是从倾听者角度来讲的,而此处的树意象则是诗人自己的体验。1927 年 7 月,诗人在给一位少女的信中说:"这不是在写信,这是在用鹅毛管呼吸。"那时,钢笔已经发明,但诗人依然用传统的鹅毛管笔写诗。他不想让坚硬冰冷的钢笔侵入自己的生命、诗歌和呼吸。

2

生命的虚幻与真实、短暂与永恒,在这首诗中表达得淋漓尽致。生命就像大师在纸边随意留下的笔触,或少女在镜中无心映照出的镜像。刻意的构思未必完美,精心的打扮不一定奏效。壁炉上留下的只是烟垢,曾经活动过的人们早已不知去向,连一个影子都不会留下。悲哀吗?从人的角度来看的确如此,但在俄耳甫斯这位阴阳两界间的歌手心目中,这只是生命无穷轮回的必然过程。所以他依然放声赞美和歌唱,因为唯有他知道,死者的灵魂已经汇入了其出生时的整体。

3

这一首通过对镜子特性的描述,表现了诗人对生命一体化的看法。犹如筛子借助孔洞,让细小者落下、粗大者留存,时间这个宇宙中的大筛子以镜子为孔洞,留存了生命中的影像,使我们从生存的这一头望见另一头,窥见生命的本质和奥秘。据古希腊神话,美少年那喀索斯因自恋自己的湖中倒影而落水身亡,死后化为了水仙花。在诗人看来,那喀索斯就是镜子的原型。古老大厅中的镜子曾把许多人的形象摄入自身,这些形象的主人在生命的这一头去世,而在另一头又重生了。生命就是生生死死无穷转化的整体,而镜子就是这一过程的见证。

4

诗人自注:独角兽具有古老的、在中世纪一直备受推崇的童贞的含义,据说它对于凡夫俗子是非存在物,一旦出现在处女为它捧着的"银镜"中（见十五世纪的壁画），便进入"她心中"，犹如进入第二个同样纯净、同样隐秘的镜子中。诗人借独角兽这个少女们虚构出来的形象，表达了对人类想象力的赞美，因为它能无中生有，创造出可能的空间、可能的世界和可能的存在物，进而又能让这种种可能之物转化为现实。独角兽头上长出的角，是少女想象力的外化。它洁白无瑕的身体，是少女童贞的象征。所以，诗人说这头独角兽无须用谷物喂养，只要给以想象的空间，它就能生存，并渐渐进入少女的身体，内化为她的人格和气质。

5

这一首通过对银莲花的描述，展开对生命本质的沉思。诗人既在诗中"格物"，又在诗中"致知"。在致女友露·安德烈亚斯·莎乐美的信中，诗人曾说："我好像是在罗马花园里见过小小的银莲花，它白天如此盛开，以致夜间再也合不拢了。在黑夜的草原看见它的花萼怒张着，是很可怕的……"

银莲花毫无保留地敞开自己，领受上天给予它的一切。它的生命虽然比人短暂，但它比人懂得珍惜和感恩，对阳光不离不弃。人虽然比花活得更久，但他更粗暴，因为他总是以自我为中心，封闭自己，不愿意接受来自上天的赏赐。或许要到死后，在生命的另一面，以生命的另一种形态出现，我们才能敞开自己，成为领受者。

6

　　这首诗描述花中之王玫瑰的"纯洁的矛盾"。玫瑰的花蕊被一层又一层的花瓣所包裹，似乎它很害羞，不想露出真容。但它的每一片叶子又互相避让着，不像其他植物那样互相重叠或交错，从这方面看，它似乎又很想表现自己。这是诗人观察到的玫瑰的内在矛盾。

　　诗中写到的第二个矛盾涉及词语与其指称对象的关系。虽然我们一直以"玫瑰"这听上去很甜美的名字称呼这种花，但其实名称就像空中飘浮的词语，根本无法抓住对象的实质，正如莎士比亚在《罗密欧与朱丽叶》中所说，名字算什么？我们给玫瑰换个名字，它不也照样芬芳吗？玫瑰之实是色、香、味等，而描述它的词语（如"雍容华贵"之类）只是喉咙中声带的一次振动，空气中声波的一阵流动，我们根本无法借助词语真正把握玫瑰的实体，只能一而再再而三徒劳地呼唤它、回忆它，祈求我们曾经与它相处的那些时刻再次降临。这一首的主题呼应了第一部第13首，可互相参照对读。

7

　　这首诗通过少女对花的采撷和重插，再次探讨了生死转化、生命一体的主题。盛开的花儿被少女采撷下来剪接一番，放入花瓶，注入活水。在这过程中，被采撷的花儿实际上经历了从生到死，又由死复生的二次转化。在这转化过程中，花儿借助少女之手，脱离了原先自在开花的状态，进入人类世界，从花瓶中发现了自己的美。而水，则在生与死的两端建立起了神秘的联系。少女之手既是花儿最初死亡的原因，也是帮助它复活再生的工具。所以，诗人把少女之手比作忏悔的罪人——它先犯了罪，把花儿从枝头采下，造成了它最初的死亡；又仿佛为了悔罪而行善，用自己温暖的纤手，把采下的花枝插入瓶中，注入活水，让它复活了，这样，少女就在花与水、生与死之间重建了古老原始的联系。

8

这首诗为悼念诗人早夭的堂兄艾贡·冯·里尔克而作，但又超出了家族私密小圈子的范围，涉及对儿童与成人、天真与经验、俗世与命运等相关主题的探索。童年是里尔克诗中经常出现的主题，其所表现的是诗人对异化的成人世界的批判。腼腆的少年心不在焉地游逛着，与自己的伙伴有一搭没一搭地聊天，犹如画片中的羔羊用戴在身上的纸飘带交谈。他们在自己私密的小圈子中，一面寻找着与自己志趣相投的同伴，一面也在逐渐发现自我、认识自我。成人的世界在儿童眼中总是显得那么陌生、不可亲近。成人总是忙于自己的事务，永远也不会理解孩子们在想些什么。诗人从儿童的目光出发，以"马车"和"家宅"象征成人在俗世中的追求。（当下社会不也如此？）前者忙碌转动，后者坚固矗立，但在儿童看来，这一切都是陌生的、疏离的、不真实的。唯有玩球时形成的弧线，才是奇妙的、真实的。但这些奇妙的曲线是命运之球落下的轨迹。人不知何时能抓住它，或被它击中。

9

时代的发展是否使人变得更仁慈、更人道？诗人对此似乎表示了怀疑。他认为，只靠人间的法官一两次慈悲心的发作，人类从根本上还是无法摆脱残酷野蛮的状态的。只有真正的慈悲之神，敞开人类的心胸，将它提升到某个高度，人类历史才有可能像劲风吹送下的船只般平稳航行。最后一节归结为艺术拯救世界的主题。诗人把对慈悲之神的信仰和感应，比作一个安静游戏的儿童。而这个儿童又是来自于无限的交欢。诗人似乎想以这个形象象征沉溺于自己创造中的艺术家，或象征出自人与宇宙无数次交欢后产生的艺术品。

10

这首诗的主题是反思现代工业社会中机械对人的入侵。

人的手与机械形成对比,前者是灵巧的、美丽的、犹豫的,而后者则是僵硬的、无情的、坚定不移的,因为它只按照理性的法则行事。悖论的是,现在机械已经不再服从人的调遣,而异化为一种统治、压迫和毁灭人的力量,而且它能不断更新自己的生命,犹如雪莱夫人笔下的弗兰肯斯坦那样不断扩张自己的身体。尽管如此,诗人还是坚定地相信,那个大写的存在,依然是我们生存的本源,它无处不在显现自己,人类对它只有惊叹膜拜。而词语和音乐则以自己特有的方式,显现了不可言说的存在,从而在功利主义者看来无用的空间中筑起了神性之屋,使人类恢复了生命一体化的感觉。

11

诗人自注:在某些喀斯特地区,人们按照古老的狩猎习惯,将篷布小心地挂进洞穴中,然后以一种特殊方式突然抖动,从而把白得出奇的岩洞野鸽赶出它们的地下住处,趁它们仓皇飞出时将它们捕杀。作为旁观者的诗人,对此现象展开了描述和反思。有史以来,人类一直在大地上流浪,通过猎杀野兽、鸟类来谋求生存。为此,人类发明了陷阱、网罟等猎杀动物的工具。人类的生存法则,就是动物的死亡法则。在诗人看来,这无可厚非,无须叹息。但他想告诉我们的是,别忘了,作为有生之物,我们也受着同样的死亡法则支配。

12

　　本诗借希腊神话中美少女达芙妮被太阳神阿波罗追逐而变形为月桂树的典故，突出了精神的变形和生命一体化的主题。全诗四节按照古代哲学中的四大元素火、土、水、气的顺序排列，每一节都侧重表现精神变形的一个方面。诗人强调，变形是掌控宇宙的神的设计。宇宙生命是个连续体，尘世生命不过是其中的一个转折点，它将在死后变形向着更高的存在飞升。任何想封闭自己、拒绝变形的凝固之物最终将被神的铁锤打碎。只有自觉地让生命中的活水涌流，认识到生命是一个无始无终、不断循环的统一体，不断自觉地变形，更新自我，让灵魂穿越不同的空间，与万物融为一体，才能感知宇宙的丰富性、多样性和幸福感。

13

　　这或许是最能代表诗人生死观的一首诗。1922 年 3 月 18 日，里尔克在将这首诗的副本寄给女友薇拉的母亲克诺普夫人时，这样写道："兹谨附赠十四行诗一首，因为总的说来，它最亲近我，说到底，也是最适用的……"

　　全诗借用俄耳甫斯之口，以五个表示存在的动词 Sei（类似英语中的"be"），来表达诗人对于应该存在的生活的看法，以及对今生/来世、此岸/彼岸关系的观点。俄耳甫斯一路歌唱着进入冥界，想把妻子欧律狄刻带回人间。但他回头一望，违背了与神约定的诺言，导致妻子又退回了阴间。无疑，这是一个遗憾。但诗人认为，非存在是存在的条件，来生是今生的前提。大自然的本质就在于，它有着无比丰富的蕴藏，其总量无法算计。它在被人利用的同时，也在收回；在被人耗费的同时，也在取消。从这个意义上讲，欧律狄刻没有死去，她其实已经回归了纯净的联系，融入大自然中，在死中永恒了。尽管如此，诗人并没有产生任何消极厌世的想法。他坚持认为，此世自有其存在价值。因为每个人只有一次机会投入尘世，圆满完成自身，给大自然增添财富。虽然对大自然来说，这种增添，同时也是取消，但对于人来说，生命的意义也就在于此了，所以应该愉快地计算这个数字。诗人借俄耳甫斯之口，对自己说，要成为一只质地纯净的杯子，发出清脆动听的声音，尽管它终将破碎，化为尘泥。但仅凭发声这个行动，它也就获得了自己存在的意义，在此世创造了自己的价值。

14

本诗再次对人类中心主义展开了批判。人类总以自己为衡量标准，来算计和利用自然万物，人自诩为万物之灵，自以为是万物的导师，实际上已经失去了万物享有的那种童年的幸福。诗人认为，只有完成类似宗教改宗者般的转换，按照自然的规律和节奏生存，将自己看作自然万物中的一员,并与之和谐相处,人类才能真正获得幸福和自由。

15

  这一首与第一部第 10 首和第 15 首形成对应。诗人从罗马时代残存的一处泉源入手,引入泉水、耳朵、大地等一系列相关的原型意象,重复了与歌唱有关的倾听—倾诉主题。虽然这处泉源已经古老、陈旧,但由于它源远流长,至今还绵绵不绝地流淌着,仿佛在诉说着什么。而倾听它的耳朵就是大地。在诗人看来,诉说与倾听,就像泉水与大地一样,同体共生。它们之间既是源与流、说与听的关系,也隐含了地上与地下、阳间与阴间的二元对立和相互转化。诗人最后告诫人类,不要干涉自然的进程,打扰事物之间内在的联系。

16

  此诗可以联系第一部第 26 首。全诗借用俄耳甫斯的典故,讲述诗人的职责和追求。诗中说到的神不是上帝,而是指歌神俄耳甫斯,他被酒神的疯狂的女信徒们撕裂而亡,死后融入万物,身体碎片化作了自然中无处不在的天籁之声。换言之,他以自己的歌声愈合了自身。为什么说是被"我们"所撕裂?因为,我们自觉或不自觉地、以各种方式在割裂自然与人的天然联系,从这个意义上说,我们与那些撕裂俄耳甫斯的酒神的女信徒们并无多大差别。不过，对俄耳甫斯来说，死亡是他与死神之间达成的默契，因为只有在死后，他才能将凡人耳中听到的喧嚣，转化为可以啜饮的清泉。后世的诗人首先应该学会倾听这种声音，然后，就会像羔羊般地顺从自然的召唤。诗的最高境界就是在自由与必然、抗争与服从、自然与人为之间达到对立的统一。

17

自然的运作有其自身的节奏。果木的生长、开花、成熟和结果，自有其节律；它们的存活与否，美味与否，凋零与否，均取决于某种神秘的不可知的力量。人类虽然能够享用自然给予的丰硕成果，但必须明白，它们属于一个人类无法干扰的宇宙，有一双神秘的园丁之手，支配了包括人类在内的一切事物的运行。尊重这个规律，顺应它的节奏，个人和人类才能真正进入水源丰沛的极乐花园。

18

舞蹈是里尔克心爱的主题之一。诗人在第一部第15、25首，第二部第28首中都以此为主题。在诗人心目中，舞蹈是流动与静止、变化与凝固、持久与短暂、自然与艺术的统一体，特别适于表现生命、青春、宇宙力量等相关主题。全诗将翩翩起舞的少女、热烈绽放的花树、人工制作的水壶和花瓶等元素叠加交织在一起，形成一种似梦似幻的动画效果。诗人在赞美了舞女美丽的舞姿和青春活力的同时，也表现了对万物皆流的感叹，对宇宙神秘力量的敬畏。

19

本诗对金钱的罪恶展开了讽刺和批判。但诗人的批判更多是美学的，而不是社会学的。他强调的是资本对人类心灵的腐蚀，对美的摧毁。诗人秉持中世纪以来的传统观念，把贫穷视为"从内心发出的圣洁的光"。而资本的罪恶就在于它摧毁了这道美丽的光，人格化的资本无孔不入，渗透了一切，使人成了它的奴隶，日日夜夜不得安生。尽管如此，诗人还是坚守自己的底线，宁可做一个旁观者，将穷人、诗人和圣徒这三种身份合为一体，继续高声赞美着神，让人间的声音上达天庭。

20

关注当下，关注此时此地，这是里尔克一贯的思想。虽然诗人有着强烈的宗教情怀，但他并不主张弃绝现世，遁入虚幻的来世。而是主张关注身边发生的一切，并与之结成亲密的关系。所以，人必须学会交流。这种交流不但以语言为中介而展开，更应超越语言，达到心灵感应的层次。只有在无语的层次上，人才有可能克服人与人、人与自然之间的隔膜状态，进入更高的存在之境，与宇宙精神相契。

21

本诗歌颂的对象是一幅波斯壁毯，但实际上表达的是诗人自己对生命的感悟。全诗引进了两组来自东方的意象。伊斯法罕是伊朗古都，丝绸之路的必经之站，以其水利设施著名。设拉子是古代波斯诗人哈菲兹的诞生地和墓地，哈菲兹曾在此写下了著名的诗集《蔷薇园》。诗人没有到过这两个著名的东方胜地，只能凭借一幅波斯壁毯展开自己的跨文化想象。花园中玫瑰盛开，清泉喷涌；波斯壁毯构思精巧，编织细密。两者都会令人迷失于其中的细节，看不见宏伟的整体。诗人以此寓意宇宙人生，并告诫自己的内心——不管生命中受过什么苦，犯过什么错，都要把它们视为生存这个大花园中必然发生的事情；个人微不足道，不过是被编织进宇宙这张大壁毯整体构思中的一个画面、一根丝线。时刻感悟到这一点，不时用自己的生存经验去体认这一点，你发出的必定是天堂般的赞歌和颂扬。

22

诗人的思绪穿越在古代的历史遗迹与现代的科技发展

之间，思考人与命运、时空之间的关系。科技的快速发展，使阳光与人造的灯光交相辉映，白昼与夜晚之间的边界逐渐消失，时间的飞逝不留印迹。这种全新的时空体验给诗人提供了更多思考和想象的空间。古老的钟声、历史的遗迹是否还有其存在的意义？人的命运在新的时空中是否会有新的改变？

23

这首诗的目的非常明确，诗人在本诗页边自注——致读者，但细究起来似乎又超越了与读者的对话，进入对人类命运的反思和担忧。诗人认为，现代人的生存缺乏根基，处在尴尬的境地，他们必将被未来出现的新人超越。对于宇宙来说，人类是双刃剑，它既是从自然母体中生发出来的分支，又可能成为破坏宇宙和谐的危险力量。诗人坚信，他的责任就是歌唱和赞美，这是出于对宇宙的公正。

24

本诗充满了对人类命运的骄傲和担忧。回顾历史，人类来自泥土，在不断更新的欲望的支配下建造了城市，利用自然生产了各种物品，也创造了自己的神。随后，他又一次次被命运毁灭，陷入了困境。作为个人，我们都是时间的奴隶、死神的工具，但作为整体，我们必将在死亡中重生，在重生中前进，在终极处听到神的声音，也被神所倾听。

25

本诗是第一部第 21 首迎春小曲的副本，两首诗的主题均是春天的回归。但第一部中的迎春小曲格调更明快，带有某种童趣，喜悦之情跃然纸上；而本诗的格调更深沉，节奏更舒缓，长句子的运用层层推进，表明了诗人思绪的绵密。在诗人眼中，一年一度的春回大地，既是回归，又是新生，既是重复，又是创新，背后被某种神秘的力量所推动。无论是经历严冬的橡树叶、黑色的灌木和更黑的粪肥，都是时间流逝的表征，它们既是新来者，也是已来者，既是死亡腐烂之物，又是充满生机的象征，是人与自然共同参与的宇宙整体运动的组成部分。

26

诗人从鸟鸣声中、从玩耍着的孩子们的呼喊声中，联想到了人的命运与前景。现代社会使人越来越自由，但这种自由也造成了人的无根性。人承受了生命中难以承受之轻，像断线的风筝般在半空中被风撕裂。由此，诗人进而想到了被酒神的女信徒们撕裂、化为碎片的歌唱之神俄耳甫斯，希望他醒来，用自己的歌声来恢复和重建人与自然、人与社会、人与自我之间的联系。

27

　　本诗再次出现了时间主题。应该说，将时间视为毁灭者并不新鲜。但值得注意的是，里尔克在此提出了一个问题，究竟是时间毁了我们，还是由于我们自己的胆怯和脆弱，放弃了童年的承诺，离开了本根，自己毁了自己，反将这种毁灭怪在命运头上？诗人告诫我们的是，神性是一种持续的力，心灵只有坚守并不断加持信念，才能保持自身的纯洁和活力，而不会像轻烟般转瞬即逝。

28

　　这是诗人为女友薇拉作的一首悼亡诗。全诗借用俄耳甫斯死而复生的典故，暗示了薇拉在另一个时空中的永生。薇拉曼妙的舞姿与宇宙星座的舞蹈合为一体，也与俄耳甫斯的歌声达成和谐。诗人相信，她会与俄耳甫斯一起，在一年一度的庆典中，将歌声和舞蹈带回人间。

29

　　这首诗诗人自注"致薇拉的一位朋友"，但英译者A. Poulin, Jr. 认为此诗可以看作诗人写给他自己的，这个观点不无道理。里尔克一生东奔西走,生活不得安宁,在自我放逐中探索着人生的意义和宇宙的奥秘。痛苦扩展了他生命的感受力,也成就了他的诗歌。他坚信,生命就是一次呼吸的扩展,将小我融入宇宙、参与造化的过程;诗歌就是一次苦水转化为美酒、痛苦转化为赞美的过程。因此,他坚信自己不会被遗忘。全诗最后一节在静与动、消逝与存在之间达成一种平衡,已成为广为传诵的名句。

图书在版编目（CIP）数据

哀歌与十四行诗:里尔克诗选/（奥）里尔克著;张德明译.
—济南:山东文艺出版社,2017.11
（雅歌译丛/汪剑钊主编）
ISBN 978-7-5329-5559-6

Ⅰ.①哀… Ⅱ.①里… ②张… Ⅲ.①诗集—奥地利—现代 Ⅳ.①I521.25

中国版本图书馆 CIP 数据核字（2017）第 169971 号

哀歌与十四行诗
里尔克诗选

〔奥〕里尔克 著　张德明 译

主管单位	山东出版传媒股份有限公司
出版发行	山东文艺出版社
社　　址	山东省济南市英雄山路 189 号
邮　　编	250002
网　　址	www.sdwypress.com

读者服务	0531-82098776（总编室）
	0531-82098775（市场营销部）
电子邮箱	sdwy@sdpress.com.cn

印　　刷	山东新华印务有限公司
开　　本	850mm×1168mm　1/32
印　　张	6
字　　数	130 千
版　　次	2017 年 11 月第 1 版
印　　次	2023 年 5 月第 4 次印刷
书　　号	ISBN 978-7-5329-5559-6
定　　价	42.00 元

版权专有，侵权必究。如有图书质量问题，请与出版社联系调换。